공주와 도둑들

공주와 도둑들

1판 1쇄 인쇄 2017년 9월 5일
1판 1쇄 발행 2017년 9월 15일

지은이 정해랑
기 획 정형서
그 림 김동호

발행처 도서출판 해토
발행인 고찬규

신고번호 제313-2004-00095호
신고일자 2004년 04월 21일

주소 (121-896) 서울특별시 마포구 양화로7길 84
전화 02-325-5676
팩스 02-333-5980

값은 표지에 있습니다.
ISBN 978-89-90978-32-5 03810

공주와 도둑들

정해랑

차례

1부 공주의 외출

2부 공주는 외로워

3부 공주의 거울

■ 저자의 말

공주도 도둑들도 없는 날을 기원하며

천만 촛불이 일렁이는 병신년의 겨울 광장에 나가 보았는가. 힘 있는 자와 가진 자를 조롱하는 억눌린 자와 없는 자의 풍자와 해학이 얼마나 재치 있게 번득이고 있는지를 보았으리라. 우리 조상들은 까마득한 옛날부터 그 조롱을 통해 노여움을 표출해 왔다. 언뜻 보기에 자기 위안일 뿐인 것 같은 이러한 행위는, 노여움을 키워 나가는 방식이었고, 그것을 절제하여 한꺼번에 터뜨리는 슬기이기도 하였다.

병신년이 지나고 정유년의 새봄이 되면서 우리가 조롱하고 노여워하는 권력을 드디어 구중궁궐 깊은 곳에서 끌어내어 재판정에 세울 수 있었다. 하지만 그 권력과 하수인들은 오히려 자신들을 향해 꾸짖는 만백성을 능멸하고 우롱하고 거짓으로 일관하고 있으며, 자신들을 향한 심판을 무로 돌리려는 온갖 꼼수를 다 부리고 있다.

이제 우리는 다시 조롱해야 한다. 분노해야 한다. 그리고 그것을 모아 모아서 마침내 거짓 권력을 충분히 단죄하고, 모든 쓰레기를 쓸어내야만 한다. 우리가 조롱하고 노여워해야 할 권력은 단지 무능하기 이를 데 없으면서도 사악하기만 한 특정 지배자만이 아니라, 이 땅에 수십 년 어쩌면 그 이상 쌓여 온 쓰레기라는 것을 우리는 지난겨울에 뼈저리게 느꼈다.

공주타령이 무엇을 풍자하는지는 병신년과 정유년을 이 땅에서 살았던 사람이라면 모르는 이가 없으리라. '공주'는 헌법 제1조에서 명시한 '민주공화국'을 온전히 이루지 못한 우리의 현실을 상징적으로 보여주는 말이다. '도둑들'은 우리의 모든 것을 빼앗아 가는 부정한 이들이 힘을 가지고 있는 정의롭지 못한 우리 사회의 현실을 함의하는 것이다. 그리하여 우리는 조롱을 통해서 '공주와 도둑들'이 없는 세상을 노래할 것이다. 그러한 세상은 바로 정의로운 민주공화국이 되리라.

풍자는 세상을 바꾸지 못한다는 말을 하는 사람들이 있다. 글이 세상을 바꿀 수 없다는 말은 세상을 바꾸는 것이 두려운, 어쩌면 세상이 바뀌기를 바라지 않는 자들의 변명일 뿐이다. 글만으로는 세상을 바꿀 수 없으되 글은 세상을 바꾸는 데 매우 유력한 하나의 구실을 할 수 있다. 이 글 역시 저 광장의 천만 촛불과 함께 어둠을 몰아 내는, 아직도 계속 타오르고 있는, 타올라야 할 촛불이 되기를 기원한다. 그것이 이 책을 내는 진정한 의도이다.

이 책에 담긴 글들은 세월호 참사 직후인 2014년 8월부터 대통령 탄핵이 국회를 통과한 2016년 12월까지 SNS에 올렸던 것들이다. 이 책을 쓰겠다는 계획을 가졌다기보다는 현실에 대한 분노로 그때 그때 썼던 글들이기 때문에 형식상으로는 하나의 갈래로 일컫기 어려울 정도로 다양한 모습을 보이고 있고, 내용상으로도 지금 와서 보면 사실과 맞지 않는 부분도 없지 않을 것이다.

이 책을 내면서 다양한 형식을 하나로 통일시키고, 사실에 맞지 않는 부분도 고칠까 하는 생각도 없지는 않았다. 하지만 이 글을 쓸 때의 모습 그대로 간직하는 것이 더 의미가 있다고 생각하여 본모습 그대로 수록하기로 하였다. 글쓴이의 생각으로는 이 글들은 글쓴이의 개인 창작이라는 의미보다는 당시 광장에 있었거나 광장을 지지했던 많은 사람들이 했음직한 생각의 기록이라는 점에 더 의의가 있다고 생각하기 때문이다.

이 책이 출간되기까지는 새안의원 정형서 원장의 결정적인 노력이 있었음을 밝히며 지면을 빌려 감사의 말씀을 드린다. 그는 글쓴이에게 책의 출판을 강력하게 권유하였고, 지금과 같은 모습으로 나올 수 있도록 기획 아이디어까지 제공하였다. 그가 없었으면 글쓴이는 이 글들을 책으로 출판한다는 생각을 하지 못하였을 것이다. 그랬다면 이 글들은 지금도 SNS의 바다 속에, 이 글을 읽은 적이 있는 사람들의 기억 속에 묻혀 있을 것이다.

좋은 그림을 통해 이 글을 빛내 준 김동호 화백에게도 감사의 말씀을 드린다. 어려운 여건 속에서도 출판의 결단을 내려 준 고찬규 사장님, 책의 기획 단계에서부터 출판이 완료될 때까지 여러모로 애써 준 덕소고등학교 김중현 선생님에게도 고마움의 인사를 드린다. 마지막으로 지난해 늦가을부터 올해 봄까지 주말마다 광장에서 나와 함께 하였던 사랑하는 아내, 아들 동건과 출판의 기쁨을 함께 나누고 싶다.

2017. 9.
글쓴이 정해랑

1부

공주의 외출

공주의 외출

공주는 요즘 왕짜증이다.
돌아가는 일들이 도무지 마음에 들지 않고, 이해도 되지 않는다.
저 먼바다에 배가 침몰하고 수백 명이 빠졌다고 할 때만 해도
가서 슬픈 표정만 지어 주면 감지덕지할 줄 알았다.
그런데 이것들이 감동하기는커녕
불원천리하고 찾아간 공주에게 쇼를 한다는 둥 막말을 한다.
게다가 내시가 들고 온 소식은 공주를 발끈하게 했다.
사고가 난 날 공주가 무엇을 했는지 낱낱이 밝히란다.
그 몇 시간 동안 공주의 행방이 묘연하다면서
항간에 떠도는 노래까지 소개했다.

> 공주님은 남몰래 얼어두고
> 아무개를 밤에 몰 안고 가다.

어디서 들은 노래인 것도 같다.
이 노래가 무엇이냐
내시가 바들바들 떨다가
아뢰옵기 황송하오나 서동요라고 아뢰오.
서동요라 얼어 두고는 무슨 말이냐
아뢰옵기 황송하오나 결혼하다 또는 통정이라고 아뢰오.
그래 공주가 결혼했다?
그러자 내시가 더욱 바들바들 떤다.
그런데 이 나라에 공주가 어디 있다고 공주 타령이냐.
내가 딸이라도 낳았더란 말이더냐.
그랬다. 공주는 사실 공주가 아니었다.
공주였던 시절이 있었다. 그리고는 궐 밖으로 내쳐졌다.
다시 궐로 들어오기 위해 천막에서도 살았고
손에 붕대도 감고 돌아다녔다.
이제 공주는 공주가 아니라 여왕이 되었다.
근데 왜 지금 새삼 공주 타령일까?
공주는 그게 설마 자기를 말하는 것인지 몰랐지만
사실 사람들은 지금도 공주를 공주라고만 생각했다.
부왕의 등에 업혀 있는 공주
내시는 아무 말도 못 하고 얼마 뒤
오랑캐들마저 이 노래와 닮은 소리를 지껄였다는 말을 듣고 왔다.
섬나라 오랑캐들에게 사실 공주는 친근감이 있었다.
오랑캐들과 친하게 된 것도 부왕 시절이었다.
사실 부왕은 나라를 오랑캐에게 빼앗겼던 시절

오랑캐 장교로 혈서 쓰고 자진해서 복무했었다.
부왕이 된 뒤에도 오랑캐를 지극 정성으로 모셨다.
지금은 백성들 때문에 못 하는 것일 뿐
공주 역시 오랑캐들과 친하게 지내고 싶었다.
그래서 영의정에도 오랑캐를 흠모하는 자를 앉히려 했었다.
헌데 백성들이 지랄발광이다.
유생놈들이 도끼 들고 상소를 올린다.
게다가 오랑캐놈들이 눈치 없이 떠들어댄다.
급기야는 떠도는 말까지 끄집어내서
천한 것들이나 하는 소리를 하고 있다.
이놈들을 어찌할 것이냐
내시는 자기를 죽여 달라는 듯이 떨고만 있다.
이때 늙은 도승지 나서면서 말하기를
전하 이놈들을 당장 잡아들인다고 하옵소서.
이자만 보면 마음이 놓인다.
부왕 때부터 충성을 다하던 자이다.
공주가 무슨 생각만 하면 척척 알아맞히고
기분 좋은 상황만 만든다.
맞다 도승지 말대로 그놈들 잡아들여라.
한데 도승지 말이 지금은 옛날과 달라
단번에 잡아들일 수는 없고
잡아들인다고 큰소리만 치고
사과를 하지 않으면 오랑캐와 상종을 하지 않는다고 하라고 한다.
그러면서 백성들 중에 그런 노래 부르는 놈들을 본보기로 잡잔다.

도승지의 판단은 언제나 정확하다. 그러기로 했다.

아 그런데 또 일이 터졌다.

군졸이 다른 군졸들에게 맞아서 죽었단다.

세상에 이런 일이 있나

아니 왜 이런 일이 하필 이럴 때 터지나

배가 빠진 것을 두고 무슨 특별법을 만들자고들 난리를 부리는 이때 말이다.

공주는 배가 빠진 데 책임 있는 놈들 모조리 잡아들이라고

의금부에도 포도청에도 지시를 내렸다.

물론 공주의 행방을 묻는 것은 더 엄히 다스리라고 했다.

군졸 때린 사건에 책임 있는 놈도 족치라고 엄명을 내렸다.

그리고 이 사건들에 책임 있는 자는 남김없이 옷을 벗으라고 했다.

그랬더니 의금부도 포도청도 못 믿는다고

천한 것들이 인정하는 사람들로 특별 포도청을 만들란다.

이런 망조 든 세상이 있나

그리고 공주까지 조사를 하겠단다.
그날 왜 빨리 조치를 취하지 않았는지
어디 가서 무엇을 했는지 밝히고야 말겠단다.
그것을 일컬어 공주의 7시간이라 한다던데
그게 밝혀져 봤자 나라 망신밖에 더 되겠는가.
공주는 정말 화가 머리끝까지 치솟았다.
이놈들은 왕이 무엇을 하는지 모르는 놈들이다.
왕은 꾸짖을 권한만 있고 책임은 없는 것을 모르는 놈들이다.
이런 놈들을 제대로 가르쳐야 하는데 아직은 때가 아닌가.
그때 하늘이 도우심일까
공주가 임명하는 특별 포도대장이 죄인을 조사하고
잡아들이는 것으로 결론이 났다고 한다. 그러면 그렇지
근데 이게 웬일이냐
육조 앞 마당에서 밥을 굶는 천한 것들이
이 법을 인정 못 한다 하여 다시 협상한단다.
그러면서 또다시 공주더러 그날 어디로 외출했느냐
외출해서 무엇을 했는지 도승지와 내시를 불러
군중이 보는 가운데 물어보겠단다.
이런 천하에 쳐죽일 놈들이 있나
부왕이 그립다.
밤이면 마음대로 외출하고
그래도 찍소리 하나 안 나게 했던.
까부는 놈은 치도곤을 안기고
정말 대드는 놈은 쥐도 새도 모르게

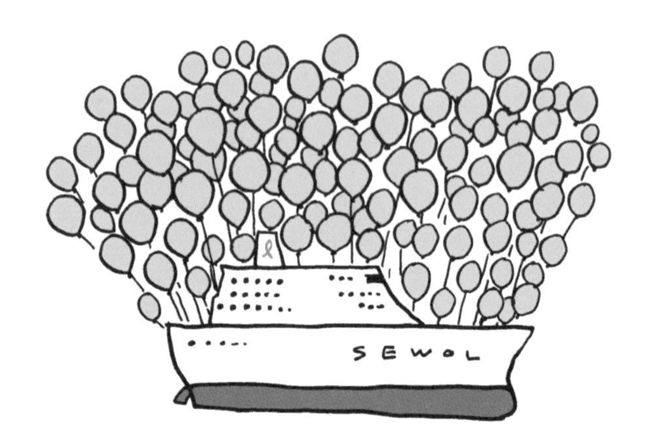

황천으로 보내는 그 힘이 부럽다.
아니다 그 시절이 그리운 거다.
지금은 힘이 있어도 그게 안 된다.
조금만 있으면 그 시절로 갈 줄 알았는데
배가 뒤집어지고 군졸이 맞아 죽고
젠장 되는 일이 없다.
하지만 어떤 벼슬아치 하나가 나서서 군졸들에게
이건 소나기이니 피해야 한다고
불평불만 가득한 놈들이 나라를 흔드는 거라고
북방오랑캐들의 사주를 받은 놈들이
공주님을 욕보이려고 하는 거라고 했다는데
아아 그래도 생각이 제대로 박힌 인간도 있기는 있구나.
하기는 공주님 힘 내시라고 목이 터져라 외치는 인간들도 많기는 하다.

그런데 야소교 대장이 와서 천한 것들을 위해 한마디한단다.
천한 것들이 밥 굶은 채로
십자가를 짊어진 채 전국을 돌다가
야소교 대장을 만난단다.
궁궐 앞뜰에는 날마다 떠드는 놈들로 난리가 아니다.
이대로는 정말 하루도 살기가 힘들구나.
한 번 왕이면 영원히 왕인 시절
부왕이 꿈꾸던 그 시절을 만들어야 하는데
요즘 돌아가는 것을 보니 영 거리가 멀다.
그래도 다시 힘을 내서 나가야 하는데
맘에 드는 일 없고 이해할 수도 없으니
오늘도 공주는 정말 왕짜증이다.

2014. 8

공주의 분노

공주의 분노가 드디어 폭발했다.
요즘 되는 게 없다
궁궐 앞에 유가족이랍시고 천한 것들이
천막 치고 농성한 지 벌써 한 달이 다 된다.
공주가 끼지 않은 척하면서 해결하라고
아랫것들에게 그렇게 눈치를 줬건만
자꾸만 공주를 들먹이게 만든다.
아무리 생각해도 배가 침몰해 죽었는데
공주가 무슨 상관인지 알 길이 없다.
게다가 부자들 돈 좀 벌게 해서
불쌍한 백성들 떡고물이라도 먹이려 했는데
아 이것들이 그 길을 막고서 지랄이다.
그래서 마침내 작심하고 쏟아부었다.
더 이상 양보는 없다.

말 많은 놈들 제껴 버리고 갈 길 가겠다.
더 이상 왕을 거들먹거리지 마라. 도를 넘었다.
그러자마자 눈치 빠른 의금부 포도청이 칼을 뽑았다.
제일 먼저 누구를 쳐야 하는지 하명을 해 달라는 눈치다.
얘네들은 눈치가 빠른 것 같다가도 아니다.
공주가 무엇에 분노하는지를 모르는 것 같다.
내시를 불러 넌지시 눈치를 줬다.
요즘은 검색어 기능이 있단다.
다시 서동요가 생각난다.
하지만 공주, 결혼, 통정 등에는 아무것도 안 잡힌다.
그러다가 내시가 화들짝 놀란 듯 말했다.
전하 아뢰옵기 황송하오나 공주와 연애라는 말이 검색됨을 아뢰오.
그래 무슨 말이냐?
공주님이 연애했다는 말은 거짓말이라 하옵니다.
뭐라고? 어떤 놈이 그랬다는 것이냐?
말 많은 유생 중 하나가 그랬다고 아뢰오.
연애라니. 그놈이 진정 죽을 각오를 한 것 아니냐.
그놈을 당장 잡아들여라.
이때 늙은 도승지가 나섰다.
전하 지금의 법으로는 잡아들일 수가 없나이다.
그래? 하긴 이 나라에 법이 있었지.
그러면 법 말고 의금부 지하실은 어디 갔더냐.

전하 아뢰옵기 황송하오나 지금은 그것이.
그렇지. 그것이 그대로 작동했다면 내가
궐 밖으로 내쳐져서 그리 오래 살았으랴.
그렇다면 분서갱유는 어떠냐?
공주는 이 말을 하고는 흐뭇해 했다.
이런 말을 할 줄 아는 자신이 자랑스러웠다.
그런데 도승지는 그것도 안 된단다.
요즘은 에스엔에스라는 것이 있어서 책을 태워 봤자란다.
공주는 드디어 폭발했다.
이것도 안 되고 저것도 안 되면
도대체 뭘 할 수 있단 말이냐.
이럴 때마다 떠오르는 부왕의 말씀
중단 없는 전진만이 있을 뿐이다.
이런 일이 있었다.
궐 밖으로 나갔다가 다시 들어오려고 애쓰던 시절
공주를 따르는 무리들과 연극을 봤었다.
당시의 왕을 조롱하는 극이었다.
왕을 두고 노가리, 육시랄놈, 개잡놈, 죽일놈이라고 할 때
공주는 박장대소하며 깔깔댔다.
옆에 있던 자들이 공주가 좋아하자
발을 동동구르며 팔짝 뛰며 좋아했다.
그런데 그놈의 왕이
자기는 백성들의 기분이 풀린다면
조롱을 받아도 괜찮다고 한다.

거기서 기분이 잡쳤다.
저러니 나라꼴이 무엇이냐
다른 나라 보기에도 우습지 않느냐
누구나 우러러보는 왕
조롱이나 비판은커녕
농담으로라도 말할 수 없는 왕
그런 왕이 되기 위해
중단 없는 전진을 했던
부왕의 뜻을 기어이 이루리라.
짐이 곧 왕이요
만백성의 어버이임을 모르는 자들은
이 땅에서 살아남을 수 없게 하리라.
그런데 갑자기 늙은 도승지가 무서워진다.
내시도 예사롭게 안 보인다.
의금부 포도청 대장들 어영대장도 그렇다.
약해져선 안 되는데
공주는 오늘도 분노를 터뜨리며
중단 없는 전진을 다짐하고 있다.

2014. 9

공주의 눈물

옛날에 옛날에 좀처럼 눈물을 흘리지 않던 공주가 살았는데
한번 눈물을 흘렸다 하면 주위를 다 얼어붙게 해서
사람들은 공주가 눈물을 흘릴까 봐 조마조마했다지
그래서 공주가 흘린 눈물은 악어의 눈물 아니냐고 하는 사람들도 있었다지만
그 나라 사람들은 그렇게 생각하는 것은 아닌 듯한데
어떤 이가 나서서 공주님의 눈물은 악어의 눈물이 아니라고
했다가 끌려가서 곤장을 죽도록 맞았다는 이야기도 떠돌았다지
그런데 그 사람이 왜 그런 맞을 짓을 했는지를 두고
여러 가지 이야기가 떠돌았다는데
어떤 이들은 공주를 충심으로 사랑하는 그가
공주의 진심을 몰라주는 사람들에 대한 분노로 그랬다 하고
또 다른 이들은 그 눈물이 악어의 눈물이 아니라
다른 눈물이라고 말하려고 했다는데

아무튼 뭐가 맞고 뭐가 틀린 것인지
지금부터 그 야그를 한번 해 볼까 한다.
공주라고 하지만 사실 할머니가 다 된 여왕인데
사람들은 부왕의 그림자가 어른거려서 공주라고 불렀다지
부왕의 뒤를 이어서 여왕이 된 공주
정확하게 말하면 뒤를 이은 것은 아니고
찍하면 상소문 올리는 유생을 잡아 가두고 고문하고
저잣거리에서 못살겠다고 술주정하는 놈 잡아다 때려 죽이고
임금 재목이라고 불리는 사람은 어느 날 시신이 되어 발견되는 등
민심이 흉흉하던 차에 공주보다 어린 여염집 계집 불러다
술을 마시는 자리에서 의금부 대장에게 칼 맞아 죽은 부왕
부왕이 죽자 궐 밖으로 내쫓겼던 공주가
섶에 누워 쓸개를 맛보며 궐로 다시 돌아오려고 하던 날에
무리들을 모아 놓고 말을 안 듣자 눈물을 딱 한 방울 흘렸다는데
모두 얼어붙고는 공주가 역시 세기는 세다 했다지.
그때부터 공주의 눈물은 악어의 눈물이 아닐까 하는 사람들이
생겨났다는데
그 뒤 궐로 들어간 공주는 여왕이 되고
많은 이들이 옳지 못한 방법으로 왕이 되었다고
횃불 들고 춤추고 노래하고 소리치는 바람에
나라가 발칵 뒤집혔는데도 공주는 꿈쩍 안 했다는데
그만 남쪽 바다에서 배가 침몰해 수백 명이 죽는 바람에
공주 드디어 눈물을 보일 수밖에 없었다네.
워낙 눈물을 흘리지 않는 공주인지라

슬퍼서 그랬다고는 누구도 생각하지 않았고
이번에도 악어의 눈물 아니냐고 말하는 사람들이 많았던 모양이라.
하지만 여전히 공주를 사랑하는 많은 백성들은
이번만은 진심으로 흘린 눈물일 거라 믿으려고 했는데
사실은 모든 것이 얼어붙어서 끝날 줄 알았던 공주
모든 것이 백성의 어머니인 자기의 무한 책임이라고
유가족들더러 언제든지 필요하면 문을 열어 두고 있을 테니 오라고
제법 심각한 표정을 지으며 눈물까지 보였는데
아 글씨 이것들이 얼어붙기는커녕 날이 가면 갈수록 더욱 불타는 거라
공주더러 우리 애들 죽을 때 7시간 동안 뭐 했냐고 따져 묻겠다고
우리가 믿을 사람이 조사하고 국문하고 송사할 수 있게 해 달라고
궁궐을 향해 몰려온다고 하니
공주 그때부터 배 빠진 말은 입에도 안 올리고
다시 나를 모독하면 가만두지 않겠다는 으름장을 남겨 놓고

이 나라 저 나라로 다니면서
눈물은커녕 배시시 웃고 다녔다는데
그때부터 사람들은 그때 그 사람이 왜
악어의 눈물이 아니라고 했는지 알게 되었다지.
결국 공주의 눈물은 악어의 눈물이 아니라
내가 눈물을 흘렸는지도 잊어버리고 마는
닭의 눈물이었다는 거지.
공주님 눈물은 달구똥 같은 닭새끼 눈물
그때부터 온 장안에 떠돌았다는 이야기
믿거나 말거나 옛날에 옛날에 있었다는 이야기.

2014. 9

공주와 낙하산

옛날에 하늘을 날고 싶어 하는 공주가 있었다는데
나는 새만 봐도 가슴이 뛰었다고 한다.
하루는 하늘에서 새까맣게 쏟아져 내리는 것이 있어
옆에 있는 궁녀에게 무엇이냐 물은즉
마마 저것은 병사들이 훈련하는 낙하산이옵니다.
낙하산? 그때부터 공주는 낙하산을 타고 싶어 했는데
무장 출신인 부왕에게 그 말을 했다가
지집아가 무슨 낙하산 타령인고 차라
그래서 공주는 꿈으로만 간직하고 살았다는데
여왕이 된 공주 고민이 한 가지 있었으니
자기가 왕이 될 때 온몸을 바치면서 애쓴 사람들에게
정승 판서 참판 승지 등 다 주면서 논공행상을 하고 있는데
관찰사를 주려고 하니 모두 백성들이 직접 뽑는다고 하지
하다 못해 고을 현감까지 백성이 뽑는다니

아직 줄 사람은 많이 남았는데 자리가 없는지라
내시에게 물으니 그저 황송하옵니다만 연발하는데
그중에서도 특히 눈에 밟히는 세 사람이 있었으니
하나는 공주를 위해 막말을 서슴지 않던 막말의 여제이고
또 하나는 오랫동안 공주의 편에서 일해 온 고향 선비고
나머지 하나는 고을 관리와 사또만 주구장창하면서 충성을 바치다가
지난번 관찰사 뽑기에서 물먹은 인간인데
늙은 도승지에게 물으니 좋은 수가 있다고 한다.
백성들 구휼하는 기구인 활인서가 국제적 기구가 되었는데
막말의 여제는 거기 대장으로 하면 좋을 듯하다고 한다.
그거 참 괜찮은 생각이로구나
이 나라 저 나라 다니면서 폼도 잡을 수 있으니
그럴 듯한 자리로 보은한 것이라 할 수 있는데
그래도 한번 조사는 해 봐야겠기에
내시더러 문제는 없냐고 물으니
내시 왈 아뢰옵기 황송하옵니다만을 앞에 붙이고
우선 그런 일을 해 본 적이 없는 사람이고
백성이면 누구나 내는 활인서 회비를 낸 적이 없다고 한다.
그래서 공주 갸우뚱했는데
늙은 도승지 다시 나서서 말하길
그 자리는 원래 해 본 적 없는 사람이 앉는 곳이란다.
그리고 그까짓 회비야 한꺼번에 내면 된다고 한다.
그도 그럴 듯하여 일단 통과시켰지만

한 가지 찜찜한 것이 있다.

내가 여왕인데 그 사람은 왜 여제인고

나보다 더 높단 말인가

내시는 황송하옵니다만 연발하면서 바들바들 떤다.

역시 노련한 건 늙은 도승지

전하 여제라 함은 황제 할 때 쓰는 임금 제帝 자가 아니오라

동생을 가리키는 아우 제弟 자이옵니다.

말하자면 여자로서 전하보다 그 방면에서는 한 수 아래인 아우란 뜻이온즉

공주는 이 말에 흐뭇해지면서 손을 젓고는

다음 고향 선비는 어찌할꼬

이번에도 도승지 기막힌 안이 있다면서

요즘은 피아르 시대라 나라도 피아르를 해야 하는데

그것을 하는 기구의 대장이 비어 있다는 거라

그래서 그 자리에 앉히기로 했는데

내시에게 물으니

그 자는 의금부의 세작으로 움직였다는 말이 있다는 거라

이 역시 늙은 도승지가 나서서

전하 아뢰옵기 황송하오나

부왕께서도 그런 경력이 있으셨다면서

역적을 소탕하려면 그런 일도 해야 한다는 거라

이 대목에서 공주의 눈썹이 치켜세워졌다.

부왕이 어째요? 부왕이 세작이었단 말이요?

도승지 잠시 주춤하더니

가라앉은 목소리로 다시 말하길
전하 아뢰옵기 황송하오나 부왕께서는
목표를 위해서는 어떠한 것도 서슴지 않으시고
안 되면 되게 하라를 좌우명으로 삼고 사셨사온 바
오늘날 만백성이 우러르는 성군으로 기억되는 것이옵니다.
이럴 때면 도승지가 무섭기도 하다.
부왕을 들먹여서 할 말이 없게 만든다.
그렇지. 안 되면 되게 하라.
문득 낙하산이 떠오른다.
어린 시절부터 그려 오던 낙하산
그러면 시골 사또는 어찌할꼬
이번에는 도승지가 잠자코 있는다.
자기가 너무 많은 말을 했다고 생각하는 걸까
도가 지나치면 주군이 싫어한다는 걸 잘 알아서
절제에도 도가 통한 노회한 권신이다.
옆에서 고개를 숙이고만 있던 승지 하나가
지금 비행장 대장이 없어서 미룬 일이 한두 가지가 아니란다.
우리 비행장이 세계에서 제일 가는 비행장인데
지금 몇 달째 대장 자리가 비어 있단다.
시골 사또가 그 일을 할 수 있을까
내시에게 물으니
그런 것을 낙하산이라고 부른다고
아마 국내외에서 비난이 많을 거라고 한다.
그것도 낙하산인가 공주는 갑자기 황홀해졌다.

낙하산이 무엇이 문제란 말인가
얼마나 좋은가 하늘에서 쏟아져 내리는 낙하산
그런데 내시가 또 초를 친다.
아뢰옵기 황송하오나 전하가 그런 것을 코드 인사라고 비판했다면서
유생들이 말이 많사옵니다.
이때 늙은 도승지 자기가 나서야겠다고 생각했던지
전하 네가 하면 코드 인사 내가 하면 국정 철학 공유자란 말도 있사옵니다.
전하의 숭고하신 국정 철학을 공유할 수 있는 자라면
전문성이든 도덕성이든 다 소용없는 것이옵니다.
역시 늙은 도승지는 공주의 하루를 흐뭇하게 해 준다.
오랜 숙제를 해결한 듯 공주

는 모두를 내보내고 홀가분한 마음으로 침상에 올랐는데
저게 무엇인가 창밖을 보라
대궐 뜨락에 새까맣게 떨어지는 낙하산
그런데 검은 베레가 아니라 가슴에 노란 리본을 달았다.
배가 침몰해 바다에 빠져 죽은 애들의 애미, 애비들 아닌가
대궐 앞 길가에 천막 치고 죽치던 자들 아닌가
꿈에 볼까 두려운 그들이 낙하산 타고 대궐로 들어오다니
여봐라 게 아무도 없느냐
소리쳐도 소리가 나지를 않는데
이번에는 또 역마차를 모는 자들, 수리하는 자들이 쏟아진다.
어디 그뿐인가 하얀 옷을 입은 의원들, 의녀들
내시 내시는 어디 갔느냐
도승지는 어디 갔소
어영대장은 무엇하는 거요
아무리 불러도 목소리는 나오지 않고
아무도 대답이 없다.
이러지도 저러지도 못하고 창밖만 바라보며 발만 동동 구르는데
이건 또 웬일인가 마침내 용상까지 낙하산 타고 누군가 내려온다.
이건 아닌데 이건 진짜 아닌데
역모다 모반이다 반역이다 안 나오는 목소리로 외치다가
다급한 김에 베개를 낙하산 삼아 등에 지고 뛰어내렸는데
쿵 하는 소리에 침상 밑으로 떨어지면서 소리를 질렀다지
부왕을 불렀다고도 하고
또 다른 사내를 불렀다고도 하던데

그야 누구도 알 수 없는 일
옛날에 옛날에 있었던 일이란다.

2014. 10

공주와 농담

아주 오래된 옛날에 농담을 별로 좋아하지 않는 공주가 있었는데
좀처럼 웃지 않던 부왕을 닮아서인가?
고고한 척을 잘하던 모후를 닮아서인가?
사실 그것보다는
농담을 들어도 이해가 안 되고
무슨 농담을 해야 할지도 잘 모르기 때문
그래도 웃어야 한다고
농담도 해야 한다고
그래야 여왕이 될 수 있다고
볼 때마다 강조하던 그분의 말을 따라
공주는 농담이 될 만한 말들을 열심히 수첩에 적었었다.
그러던 어느 날 내시가 가지고 온 보고서를 보고 깜짝 놀랐다.
'십상시의 국정 농담'이라고 써 있는 것이 아닌가
십상시는 무엇이고, 국정을 왜 농담한다는 말이냐

내시가 바들바들 떨다가 아뢰옵기 황송하오나 전하
그것은 '농담'이 아니라 '농단'이옵니다.
다시 보니 농단이라 써 있거늘 공주 그 말을 모른다는 티를 낼 수 없어서
그래 그것은 그렇다치고 십상시가 도대체 누구란 말이냐
그것은 후한말에 있었던 내시들인데 권력을 좌지우지했던 자들이라
내시가 여기까지 말하자 문고리를 잡고 있던 승지 하나가
전하 심려치 마시옵소서 찌라시에나 나오는 이야기이옵니다.
공주는 옆에 있는 늙은 도승지를 보았다.
요즘 들어 도승지 심기가 불편한지 별로 말이 없다.
특히 문고리를 잡고 있는 젊은 승지가 말하면 가타부타 말을 하지 않는다.
도승지는 어찌 생각하시오 찌라시에나 나오는 이야기요?
전하 과히 심려치 마시옵소서 요즘은 백성이 주인이라고 하는 세상이라
백성들이 이러쿵 저러쿵 말이 많사옵니다.
백성이 주인이라니 그것 참 해괴한 말이로구나.
백성이 주인이라는 것이 아니라 백성이 주인이라고 하는 세상이라는 말이옵니다.
그게 그거 아니요.
아니옵니다 백성이 주인인 것처럼 해야 된다는 말이옵니다.
하긴 그렇다. 부왕 때만 해도 말 많은 놈들은 잡아다 주리를 틀어도 됐는데

요즘은 그게 잘 안 되니 영 성가시기 이를 데 없다.

그런데 그런 말이 왜 문제가 된 것인고?

승지 누군가가 그런 이야기를 써서 저잣거리에 돌린 모양입니다.

문고리를 잡은 승지가 도승지를 힐끔 보면서 답을 했다.

그게 누구인가 그리고 찌라시라면 문제가 될 것이 없지 않느냐?

근데 그것이 좀 발칙한 내용이라서 그분의 존함도 들어가 있고

그분? 그러다가 공주는 멈칫했다. 그 사람을 말하는 모양.

도승지가 나섰다. 전하께서 예조판서를 불러서 예조의 참찬들이 나쁜 사람이라고

그 사람들 모가지를 날리라고 하신 일이 빌미가 되어 퍼진 모양입니다.

도승지가 여기까지 말하자 문고리 잡은 승지가 나섰다.

전하 괘념치 마시옵소서 의금부에서 나서서 철저히 조사하고 있사옵니다.

아니 그렇다치고 내가 참찬도 못 자른다는 말이냐?

어디 내시 네가 한번 말해 보아라.

내시는 바들바들 떨기만 한다. 거듭 공주가 재촉하자

아뢰옵기 황송하오나 지금은 시대가 참찬 정도는 판서가 자르는 시대이옵고

그 일에 그분의 따님이 관련되었다는 소문이 자자해서…….

공주는 갑자기 피가 거꾸로 솟는 듯했다.

하지만 감정을 드러내면 안 된다. 어디까지나 농담으로 돌려야지.

그리고 비록 농담과 농단은 구별 못 해도

이럴 때 어떻게 해야 하는지는 부왕에게 배워 온바 동물적 감각

으로 알고 있는 터
도승지 뭐 좋은 거리 없을까, 이걸 덮을 만한 거.
도승지가 이때는 뭔가 머리를 잘 굴린다.
전하 마침 좋은 건수가 있기는 있사온데
만석꾼의 딸 하나가 땅콩 때문에 지네 가게 점원을 무릎 꿇려서 백성들이 부글부글하옵니다.
백성이 주인인 것처럼 하는 세상이란 걸 아직 모르는 모양이군 호호호.
공주는 이 말을 하고는 흐뭇해졌다. 간만에 웃음이 나왔다.
그 말과 동시에 전하 영특하시옵니다, 하면서 도승지도 문고리 승지도 내시도 박수를 친다.
공주는 내친 김에 하나 더 말해서 좀더 나가고 싶었다.
왜 사사건건 반대만 하는 유생들 붕당을 오랑캐와 연결해서 해산한다고 했었는데
걔네들 재판 건은 어떻게 되었소 아직도 그러고 있는 거요?
그게 아직 워낙 갖다붙일 말들이 부족해서 나라 바깥에서도 보는 눈이 있고
그게 두려워서야 뭘 한단 말이요 당장 하라고 하시오.
도승지는 그런 점에는 이골이 나 있지 않소?
도승지가 문고리 승지의 얼굴을 한번 쳐다보더니 미소를 짓는다.
전하 좋은 날로 잡아서 곧바로 하겠사옵니다.
그 두 가지면 찌라시는 상당히 잊혀질 듯하옵니다.
그래서 의금부의 조사 결과 십상시는 졸지에 국정을 두고 농담을 한 게 되었고

십상시가 농담을 한다고 저잣거리에 퍼뜨린 승지들은 국가기밀을 유출한 게 되었으며

입에 담을 수 없는 그분의 이름을 감히 이야기한 것이

궁궐 기밀 유출죄가 되어 의금부에 하옥됐단다.

그때부터 백성들은 공주가 하는 말은 모두 다 농담으로 여겼는데

백성들이 행복한 시대를 만들겠다고 한 말도 농담으로 알고

노인들에게 연금을 주겠다는 것도 농담

무상보육 실시하겠다고 한 것도 농담

4대 중증 환자 치료비 전액 국가가 부담하겠다는 것도 농담

이것도 농담 저것도 농담 이러다 보니 이상한 노래들이 떠돌았는데

> 공주님은 농담을 잘해
> 웃으면서 말해도 농담
> 눈물 흘리며 말해도 농담

심각하게 말해도 농담
화내면서 말해도 농담
이 말도 농담 저 말도 농담
농담 농담 농담 농담

아아 그런데 이걸 어쩌랴
이런 노래를 자꾸 부르다 보니
어느덧 백성들은 공주가 여왕이라는 것도 농담으로 받아들였다는데
그 뒤 그 나라는 어찌 되었을까?
아무튼 공주는 세계 역사상 가장 농담을 잘하는 왕으로 남았는데
믿거나 말거나…….

2015. 1

공주와 쌈짓돈

쌈짓돈이 주머닛돈이라는 말이 있겠다.
공주는 어려서부터 부왕에게 귀에 못이 박이도록 들어 온 말.
부왕이 나라에서 주는 녹만 받는 줄 알았는데
항상 돈이 떨어지지 않기에 어떻게 돈을 만드냐고 물으니
이 말을 하시면서 임금 자리에만 앉으면
네 돈도 내 돈이고, 내 돈도 내 돈이라고 하셨겠다.
부왕이 공주보다 어린 여염집 계집 불러서
술 마시다 의금부 대장에게 칼 맞아 죽은 뒤
의금부 대장을 잡아 넣은 포도대장이
궁궐 금고에서 9억 냥을 들고 왔는데
그 돈이 아흔아홉 칸짜리 저택을 스무 채 사고도 남는 돈이라지.
공주 3억 냥은 포도대장에게 주고 6억 냥을 꿀꺽했는데
그때 공주는 비로소 부왕의 탁월한 능력을 깨달았더란다.
공주가 여왕이 된 뒤 부왕처럼 하려고 해도 잘 안 되는 거라.

요즘은 시전 거상들이 군기들이 빠져서
자기들도 어렵다면서 요 핑계 저 핑계를 대는데
불러다 치도곤을 안기려 해도 쉽지 않은 일
그런데 부왕이 있을 때와는 달리 돈 드는 일이 많아
공주가 백성에게 한 약속의 백분의 일만 하려 해도
돈이 없어서 못할 판 그저 다 농담으로 넘겨 버리고 있는데
바로 전 임금이 강들을 다 파헤치면서 나라 곳간을 털어 버려서
백성들한테 뭘 해주기는커녕 나라가 통째로 부도가 날 판인지라
공주 나날이 근심만 깊어 가는데 역시 늙은 도승지가 나서서
전하 쌈짓돈이 주머닛돈이라고 하온즉
백성들 돈이 전하의 돈이라고 생각하시옵소서.
귀에 익은 말이라 솔깃했는데 무엇을 말하려는지 몰라
공주가 두 눈만 멀뚱히 뜨고 바라보니
백성들이 연초를 너무 많이 피워 몸에 안 좋사온즉
연초값을 두 배로 올리시면 어떠하온지요.
그게 쌈짓돈과 무슨 상관이란 말이요?
전하 연초값 중 나라에 세금으로 내는 돈이 많사온즉
올린 돈을 그대로 받아서 나라 곳간에 넣으시옵소서.
괜찮은 생각이긴 한데 백성들이 원망하지 않겠소.
공주가 걱정하는 것은 백성들이 불편한 것이라기보다는
사랑받는 여왕이라는 착각에 조금이라도 나쁘다는 말을 듣기 싫어서인데
늙은 도승지 역시 노회하게 공주의 속마음을 꿰뚫어 보더라.
전하는 그저 백성들 건강 생각하는 어머니의 마음으로

연초를 끊게 하려고 연초값을 올리는 것이온즉
전하를 탓하는 백성들은 없을 듯하옵니다.
그럴 듯한 말인 것 같아 공주 흐뭇한 마음으로 윤허했는데
그래도 곳간이 차지 않아서 술 마시는 세금도 올리고
수레 타는 세금, 인두세도 올리기로 했더란다.
문고리를 잡고 있는 승지가 질세라 나서면서 한마디 보태기를
전하 가난한 사람들을 위한 사랑의 열매라는 모금이 있사온데
어차피 그 돈이 그 돈이니 가난한 사람을 위해 전하가 쓰심이 어떠하온지
오호라 그 방법도 있었구나 그것 참 괜찮도다.
그러자 이번에는 호조 판서가 저도 질세라 안을 만들어 왔는데
전하 세금 걷는 방법을 바꾸면 좀더 많은 세금을 걷을 수 있사옵니다.
그런 방법이 있었단 말이더냐 진작 말하지 않고.
그리하여 세금 걷는 방법을 바꾸어서 어지럽게 만들었는데

말인즉 가난한 사람은 덜 내고 부자들이 많이 내는 방법이라고 했지만

이리 저리 뜯긴다고 생각한 백성들이 여기저기서 원망이 터졌던 모양

연초값 때문에 가뜩이나 불만이 많던 백성들이

삼삼오오 모이기만 하면 세금 때문에 못살겠다고 했다지.

공주네 붕당의 영수조차 이건 문제 있다고 떠들었다니

공주 속이 부글부글 끓지만 당장은 참아야 할 판

문고리 잡고 있는 승지가 공주에게 아뢰기를

전하 이번에는 일단 후퇴하는 것이 어떠하온지

문고리 승지야말로 자기를 위해 옳은 말만 한다고 믿는 공주

공주의 사전에는 없는 일단 후퇴를 했것다

이리저리 짜 맞추어서 당장에는 세금을 덜 걷기로 하고는

백성들을 불편하게 해서 유감이라고 한마디했는데

그 말도 별 효과가 없었던 듯 조삼모사라 하면서

반대편 붕당이 떠들고 유생들이 아우성치고

시전 거상들이나 고관대작들 세금 깎아 준 것부터

원상회복하라는 소리가 여기저기서 나오는 모양이더라

공주가 정 그러면 그러자고 말을 꺼내자

늙은 도승지와 문고리 승지 누가 먼저랄 것도 없이

전하 심기를 굳건히 하시옵소서

그것만은 지키셔서 전하의 돈으로 받으셔야 하옵니다.

이럴 때는 쌈짓돈이 주머닛돈이 아닌 모양인데

공주가 이해하기 어렵지만 일단 둘 다 그러니 듣기로 했것다.

요즘 들어 부쩍 불편해진 두 사람 아니 하나와 세 사람
문고리를 비롯한 십상시들이 늙은 도승지가 의금부 출신이라
의금부만 장악하면 물러나게 해야 한다고 했다던데
둘 사이에 입이 맞으면 무조건 공주를 위해 좋은 것으로 여기는 터
누가 뭐라든 일단 그것만큼은 지키기로 했다고 한다.
한편 새해가 되어 공주가 벽서 쓰는 서생들 앞에서 회견을 해야 했것다.
공주는 이것이 정말 귀찮고 싫었는데
지금은 백성이 주인이라는 척하는 세상이라고 하니
부글부글 끓는 속을 달래 가며 하기로 했는데
아니나 다를까 서생들이 여기서도 말하기를
늙은 도승지나 문고리 승지들은 바꾸지 않는 거냐
국정을 농단한다는 십상시 우두머리와는 어떻게 된 거냐
이런 말들을 묻고들 지랄이었다.
공주 잘라 말하기를 늙은 도승지는 사심이 없는 분이다
오로지 공주에게만 충성한다는 말인즉 뒷말을 붙이지 않았고
문고리 승지들은 그만둘 이유가 없다고 생각한다
걔네들 없으면 내가 누굴 믿느냐는 말인즉 그 말도 붙이지 않았고
십상시 우두머리는 내 곁을 오래 전에 떠난 사람이다
몰래 만나거나 연락을 하는 것조차 없다는 것은 아니라는 말인즉 그 말도 물론 하지 않았다.
그런데 새끼 십상시 하나가 붕당 영수를 주막에서 헐뜯다 난리가 나는 일이 일어났는데
붕당의 영수가 대궐 조무래기라고까지 했다지.

이것이 간댕이가 부었나 화가 나기도 한 공주
일단 새끼 십상시를 궐 밖으로 내보내고
이래 저래 속상한 일만 겹치자 내시를 불러
연초 생각이 간절하니 한 대만 달라고 하였더란다.
공주는 연초를 입에 대지 않았지만
속상할 때는 부왕이 연초를 물고 있던 모습이 떠올라
오늘 같은 날은 정말 간절히 원했던 것인데
아 글쎄 내시 왈 전하 아뢰옵기 황송하오나 연초값이 너무 올라서 끊었사옵니다.
혹시 개비 연초라도 사다 드리오리까 하니
공주 처음 듣는 말이라 어리둥절하여
개비 연초가 무엇이더란 말이냐?
백성들이 궁핍하여져서 연초를 한꺼번에 못 사고 개비로 사서 피운답니다.
그까짓 연초도 값으로 못 살 정도더란 말이냐?
공주가 정말 이해가 안 돼서 붉으락푸르락해지고 있는데
내시가 다가간 공주를 보고 컴퓨터 화면을 확 바꾸더란다.
의심이 간 공주 무엇을 보다가 그러는 것이냐 한즉
내시 바들바들 떨다가 황송하옵니다만 연발했는데
더욱 의심이 가서 다시 돌려보라고 한즉
내시가 돌려놓은 화면에 백성들의 말이 가득하더라.
이것이 무엇이냐? 신신문고라고 아뢰오.
거기 써 있는 글들을 보니 공주 더욱 연초 생각이 간절했는데

쌈짓돈이 주머닛돈이면
주머닛돈도 쌈짓돈이다.
나랏돈 6억 냥 먹은 것 이자 붙여 토해 내고
나랏돈 수십 조 써서 강들 파헤친 놈들
잡아다가 주리라도 틀어서 먹은 돈 토해 내게 하고
시전 거상 고관 대작 깎아 준 세금 올리어서
임금 될 때 약속한 것 모두 모두 지켜라.

이런 발칙한 것들이 있나
전하 죽여 주시옵소서 하며 내시가 바들바들 떨었지만
저잣거리에 떠도는 백성의 소리를 내시가 알아야 할 판
연초가 비싸서 못 피우면 소주라도 한잔 하려고
소줏값도 올렸냐 물으니 아직이라고 한즉
내 명령이 떨어진 다음에야 소줏값 올리라고 했다는데
그 뒤로 술이 깬 공주를 보기 힘들었다지.

옛날에 옛날에 있었던 이야기란다.

믿거나 말거나…….

2015. 1

공주의 코걸이

공주는 귀걸이를 잘 하지 않는다.
귀걸이 같은 것 안 해도
타고난 미모에 사람들이 넋을 잃는다고
누가 말하지 않아도
공주 자신이 굳게 믿고 있다.
그래도 가끔은 귀걸이를 해야 한다.
지구 반대편 나라로 가야 하는데
이번에 확 사로잡아서
한건 올리고 울적한 기분도 풀 겸
귀걸이를 하고 길을 나섰는데
마침 이날이 남쪽 바다에 배가 빠져서
300명이나 죽은 지 1년이 된 날이라
공주 고민 끝에 남쪽 항구까지 갔것다.
아 그런데 유가족이란 것들이 글쎄

분향소를 폐쇄하고 사라진 게 아닌가
화가 잔뜩 난 공주 귀걸이를 떼어서
코에다 걸었는데 이 모양을 본 내시
벼락이 떨어질까 말도 못 하고
울지도 웃지도 못 하는 상황
공주 그래도 한말씀하시겠다고
기자들을 불러서 목청을 가다듬고
구슬픈 어조로 가슴이 아픕니다
이제 다 잊고 일상으로 돌아가시길
그랬는데 되바라진 기자 하나이
인양은 언제 협니까
시행령은 폐지하는 겁니까
최종 책임이 있단 말은 여전히 유효합니까
공주 아픈 말만 지껄이것다.
화가 나서 암말 안 하고 걸어가는데
누군가 뒤에서 귀에 걸면 귀걸이고
코에 걸면 코걸이란 말씀이죠 하니
한바탕 웃음이 터지고 공주 영문도 모른 채
왕궁 가는 차에 올라탔것다.
도승지의 말이 붕당 영수 보고 가시라고
그렇지 않아도 조정 대신들이 뇌물 먹었단
치부책이 드러나 골치가 아프니
그러기는 그래야 하는 모양
차 안에서 화장을 고치려고 거울을 본 공주

이게 웬일인가 귀걸이가 코에 달려 있네.
재빨리 다시 귀에 걸고 맘을 진정시켰는데
붕당 영수란 자 영의정을 자르란다.
세간의 여론이 그렇다나 이것들은
같은 붕당이라면서도 감쌀 줄 모르니
공주가 나갔다 돌아올 때까지
기다리라고 하곤 씩씩거리는데
도승지가 보고서를 가져왔겄다.
이번 사건은 아무개의 치부책이 아니라
공주의 뇌물 수수 사건이라 해야 한다는
어느 유생의 글이 인기가 있고
차제에 공주가 부왕의 금고에 남은 돈
9억 냥 받은 것도 토해 내야 한다는 주장이
다시 힘을 얻고 있으니
뭔가 시급히 보여 주어야 한다고.
이럴 때면 늙은 도승지가 그립다.
얼마나 듣기 좋은 말만 했던가
이 도승지는 꼴에 의금부 대장 출신이라고
아무개를 잡아서 돌리면
전왕의 비리로 백성들의 분노가
몰릴 거라 하더니만 지가 당한 셈인데
말이야 바른 말이지.
배가 물에 빠진 거야 공주가 그만큼 위로했으면 된 거고
최종 책임이 공주에게 있다는 건

말이 그렇다는 이야기지.
그래서 이놈 저놈 구속하지 않았냐.
아무개가 줬다는 돈
부왕 금고에서 나온 돈
모두 나라 위해 쓴 건데 왜들 지랄이냐
그 돈으로 여왕 된 게 나 좋자고 한 거냐
다 나라 위한 것 아니냐
이제 정말 갱제 생각하고
일상으로 돌아가자
나는 여왕 일만 하고
니들은 백성 일만 하자고
거기까지 생각하다가 열이 받은 공주
귀걸이를 확 빼서 코에 걸었겄다.
공항에 빨리 가야 한다는 내시의 말에
거울 한 번 못 보고 나온 공주
외국 간다고 폼 잡고 찍은 사진들이
만천하에 알려졌겄다.
승지들이나 내시들이나
공주 성질 아는지라 말도 못 하고
울지도 웃지도 못하고 있는데
한 아이가 큰 소리로
공주님은 귀걸이를 코에 걸었다.
그 소릴 듣고 백성들이 이구동성으로
노랠 지어 불렀겄다.

공주님 귀걸이는 귀에 걸면 귀걸이
코에 걸면 코걸이

이렇게 불렀다는데
아주 오래된 옛날 어느 먼 나라 이야기
믿거나 말거나.

2015. 4

2부

공주는 외로워

- 공주는 외로워
- 공주의 한숨
- 공주의 남자
- 공주와 돌림병
- 공주와 배신
- 공주의 정상과 비정상
- 공주와 복면

공주는 외로워

공주는 요즘 부쩍 외롭다.
먼 나라에 갔다가 왔는데
별로 반기는 분위기가 아니다.
이전에는 땡왕 늬우스라는 것도 있었는데
언제부턴가 자기 소식은 저리 밀려 버렸다.
날이면 날마다 치부책 이야기이고
눈만 뜨면 남쪽 바다에서 빠진 배 이야기이다.
게다가 먼 나라에서 돌아오는 날에는
히말라야 밑에 있는 어떤 나라에서 대지진까지 일어나
온통 늬우스가 거기에만 쏟아지다 보니
공주가 먼 나라에서 폼 좀 잡던 이야기는
한낱 짧은 소식거리로만 취급되어 버렸다.
게다가 가지고 놀던 장난감도
불량 완구로 판명되어서 버려야 한다는데

백성들에게 사과라도 한마디해야 한다고
여기저기서 떠들어 댄다고 한다.
화가 난 공주 아프다고 하라고 했다.
어의가 와서 진단을 한 뒤
거시기 경련에 거시기염이라고 하는데
먼 나라를 다니시며 과로를 하시다 아프신 거라고
만백성이 슬퍼하리라고 생각한 공주
그걸 발표하라고 승지들에게 지시했것다.
내시가 나서며 말하길 아뢰옵기 황송하오나
전하의 옥체에 관한 것은 국가기밀이라 좀 거시기한데
짜증이 오른 공주 그냥 발표하라고 소리를 꽥 지르고는
하다 못해 할머니 할아버지들이라도 애통해 하리라 여겼는데
아무 이야기도 없어 내시에게 반응을 물어보니
내시가 바들바들 떨며 아무 이야기도 못 하는 거라

공주 내시가 보는 에스엔에스라는 걸 빼앗아 보니
거시기 경련은 지 성질을 못 이기는 것들이 나는 것이고
거시기염은 그저 목감기라고, 나도 그런데 뭐 그리 엄살이냐고
그렇게 떠들어 쌓는 논놈들의 댓글만 있더라.
갑자기 외로워진 공주
부왕이 생각나고 그분 생각도 간절해지것다.
부왕처럼 맘에 안 드는 논놈 모조리 잡아다 처넣고
물고문 고춧가루고문 전기고문에 거시기 고문까지
한바탕 휘두르면 시원할 판인데
지금은 그럴 수도 없는 처지인지라
속만 부글부글 끓어오르는데
이럴 때마다 생각나는 그분
공주더러 여왕이 될 거라고 하던 그분
다른 사람을 만나면 부정을 타니까
자기만 만나라고 하던 그분
그래서 여동생도 남동생도 멀리하고 살아온 공주
하지만 이제 그분은 멀리 멀리 영계로 가셨다지
이럴 때 하다못해 늙은 도승지라도 곁에 있으면
듣기 좋은 소리라도 해줄 것 아닌가
지금 도승지나 승지들은 그럴 줄도 모르니
공주 외로움은 더욱 깊어갈밖에
불량 완구 때문에 비어 버린 영의정 자리를
누구로 채우나 생각하면 또다시 속이 부글부글
이제 더 이상 물러설 곳이 없다고 생각한 공주

당장 사화라도 일으킬 듯 상대 붕당을 공격하는 교지를 발표했것다.

치부책을 남기고 죽은 아무개는
감옥에 가둬서 죽게 해야 할 놈인데
그놈 풀어 줄 때 왕이 잘못한 것이고
그때 도승지 하던 자 지금 상대 붕당 영수이겄다.
이번에 여차하면 사화라도 일으키겄다고
의금부더러 한 점 의혹 없이 조사하라며
착 가라앉은 목소리로 겁을 잔뜩 주었는데
이것들이 더욱 방방 뜨면서
공주 측근들이 뇌물 먹었으니 사과하라는기라.
외로워진 공주 창밖을 보며 하염없이 앉아 있는데
꿈인지 생시인지 창밖에 남부여대 하고 사람들이 떼지어 가더라
창문을 열고 불러도 대답이 없고
공주를 봐도 아는 체를 하지 않는데
그러다가 한참만에 쳐다보는 이 있어
어디를 그렇게 가냐고 물으니

이 땅을 떠나고 싶단다.
나라 곳간은 비었는데 세금만 올리고
정승 판서 부자들만 배불리고
왕이라고 헛소리만 해대는 나라에서
늙을 날을 생각하니 기가 막혀 떠난단다.
그들의 딱한 처지보다 자기의 딱한 처지가
더욱 안타까워서 발을 동동 구르던 공주
저를 모르세요 제가 해결해 드릴게요 라고
소리쳐 부르니 가다가 멈춘 사람들이 있는데
아니 공주님 아니세요 거기서 뭐하세요 하는 거라
여왕님이 아니라 공주님이라고 한 말에 빈정은 상했지만
그래도 그중 나은 반응이라 대꾸를 했것다.
그래 저를 어떻게 생각하세요 하고 물으니
공주님은 우리들의 자애로우신 어머님이시라던데
말끝이 조금 삐딱해서 거시기하기는 했어도
어쨌든 좋은 말이라 여긴 공주 내친 김에 한마디 더
무엇을 원하세요 제가 해드릴게요 하니
……
……
……
우리는 모두 고아가 되고 싶네요.
하고는 종종걸음으로 가는 것이 아닌가
공주 화가 나서 그만 창문을 확 닫아 버렸는데
창밖에는 휘영청 달만 떠 있고

지나가던 사람은 하나도 보이지 않더라
공주는 외로워 공주는 외로워
어디선가 들려오는 노랫가락 하나만이
외로운 공주를 휘감고 돌더라는데
아주 먼 옛날의 머나먼 나라 이야기
믿거나 말거나…….

2015. 4

공주의 한숨

공주는 요즘 걸핏하면 한숨이 나온다.
생각하면 할수록 되는 일이 없다.
여왕에 등극할 때만 해도 정말 폼나게 해보려고 했다.
요즘 유행한다는 것은 뭐든지 하려고 했다.
경제를 민주화한다는데 그런 것까지 민주화하나
민주화라는 말만 들어도 소름이 돋지만 참고 하겠다고 했다.
복지 하면 또 부왕이 하시려던 것 아니냐
복지를 통해 백성들이 우러러보는 여왕이 되고 싶었다.
근데 이 모든 것이 돈이 부족해서 안 된단다.
부자나 고관대작한테 돈 좀 내라고 하고
공주 먹은 돈도 토해 내야 한다는데
그거야 안 될 말이지 그래서 못 하고 있었는데
사실 그까짓 것 안 해도 상관없다.
무엇보다 공주가 바란 세상은 조용한 세상이었다.

백성들이 조용히 자기 할 일만 하는 세상
임금이 좌로 가라면 좌로 가고 우로 가라면 우로 가는 세상
얼마나 좋으냐 그리하면 뭐든지 잘될 텐데
그런 나라에서 자기 초상화를 방방곡곡마다 커다랗게 걸어 놓고
백성들이 흠모하는 그런 여왕이 되고 싶었것다.
근데 이건 뭐냐 왜 이리 시끄러우냐
저 먼바다에 배가 빠져 사람들이 죽었는데
그 가족들이 자꾸 진상을 알겠다며 아우성이다.
진상을 안다고 죽은 자가 살아오기라도 한단 말이냐.
공주더러 그때 어디 갔냐고 밝히라고 하는데
공주 망신이 곧 나라 망신임을 왜 모르더란 말이냐.
나라 금고가 텅텅 비어 꼼수 좀 부려서 담뱃값 올렸더니
그예 알고 세금 올린 거라고 난리들을 친다.
아는 놈들이 많아 탈이다 진시황이 부럽구나.
부왕은 이런 놈들 잡아다가 목멱산 지하 감옥에서 주리를 틀었는데
지금은 그런 것도 못 한다니 한숨이 나올 수밖에
그러다가 급기야는 치부책이 드러나고
공주 측근 대신들만 골라서 거론되더니
그 돈이 공주한테 갔다는 말을 하는 놈들이 많더라.
한술 더 떠서 공주 옛날에 받은 부왕의 돈마저 토해 내라고 하는구나.
그러니 초야에 묻혀 있던 유생놈들도 난리고
반대편 붕당놈들도 꼴에 떠들고들 있다.

거기까지는 그러려니 하려고 했다.
이젠 공주의 녹을 먹는 붕당의 영수놈도 삐딱하다.
이놈들이 반대편 붕당과 짬짜미하고
공주 허락도 없이 백성들 주는 연금을 올린다고 했것다.
공주는 벼슬아치들 주는 연금을 줄여서
역사에 남는 여왕이 되고 싶었다.
그런데 그러는 대신 백성들한테 더 준다?
솔직히 공주는 뭐가 뭔지 셈이 잘 안 되지만
자기 허락도 없이 덜컥 합의했다고 하니 괘씸한 것이다.
이것들이 간뎅이가 부었나
아니 공주의 간을 봤다는 말들이 떠돈다는데
공주가 바라는 세상은 이런 것이 아니다.
이렇게 위아래가 없어서야 어찌 나라가 되겄냐.
이런 생각들 탓인지 어전회의하다 한숨을 지었것다.
한참 아무 말도 않고 가만 있었더니
정승 판서 모두 얼마나 가시방석이었겠느냐.
그때 공주 한 말이 이랬것다.
나라 곳간도 생각하고 앞날도 생각해야지
벼슬하는 사람들이 아무 생각이 없네요.
이런 생각만 하면 한숨만 나오네요.
공주 스스로 생각해도 괜찮은 말이었다.
아무리 생각해도 순간을 넘기는 재치는 타고났는데
그런데 그날 저녁에 늬우스를 보니
붕당 영수란 놈 하는 말이

공주가 한숨이 나면 자기는 가슴이 답답해서 터질 지경이라나
이런 싸가지가 있나?
이놈을 어떻게 잡도리하나 하고 생각하는데
물론 공주는 안다 지가 까불어 봤자
이런 놈들은 천생 해바라기 체질이라서
조금만 겁주면 꼬리를 내린다는 것도 안다.
이놈이 공주의 간을 보려고 하는 것은
처음 있는 일도 아닌데
지난번에도 겁을 좀 줬더니 금방 꼬리를 내렸었다.
그것보다 공주를 겁나게 하는 것이 있었으니
공주가 아무리 구중궁궐에서만 자랐어도
책이라고는 거의 읽은 게 없어
승지나 내시가 써준 것만 읽는다고 하여도
부왕을 닮아 냄새는 기막히게 잘 맡는데
사실 지가 까부는 것도 백성이 흔들리는 줄 알기 때문일 거라
공주가 진짜 걱정하는 것은 무지몽매한 백성들이 흔들리는 거라
그래서 잠이 안 와서 침상에 누워서도 한숨만 쉬고 있는데
갑자기 천장이 흔들린다 침상이 요동을 친다.
저 먼 히말라야 밑에 있는 어떤 나라에서 일어난
대지진이 여기까지 미쳤더란 말이냐.
창문이 덜컹덜컹 마침내 뜨락에 나무까지 흔들거리는 게 아닌가.
게 아무도 없느냐 지진이 났느냐 지진이더란 말이냐.
소리치니 내시도 달려오고 궁녀도 달려온다.
내시 두 손 모아 하는 말이

아뢰옵기 황송하오나 지진은 없는 줄 아뢰오.
그러면 이렇게 마구 움직이는 것은 무어란 말이냐.
아뢰옵기 황송하오나 전국 방방곡곡에서
그 아뢰옵기 황송하오나는 빼고 말해라.
아뢰옵기 황송하오나 아뢰옵기 황송해서
또 또 아뢰옵기 황송하더란 말이냐.
그게 저저…… 내시가 제대로 서 있지도 못하면서
덜덜 떨며 말을 잇지 못하는구나.
그게 무언고 하니 아뢰옵기 황송하오나
세금 폭탄 맞아서 죽겠노라 하는 백성
취직 못 해서 차라리 외국 가겠다는 처녀 총각
언제 잘릴지 몰라 전전긍긍해야 하는 노동자들
비료값도 안 나오는 농사 지어야 하는 농민들
바른말 좀 했다고 잡혀간 사람의 엄마, 아빠들
물에 빠져 죽은 사람들의 가족들
불에 타서 죽은 사람들의 가족들
지붕이 무너져내려 죽은 사람들의 가족들
군대 가서 맞아 죽고 총 맞아 죽은 사람들의 가족들
노후대책 없어서 살지 못하겠다는 사람들
전국 곳곳의 백성들이 한숨을 터뜨린 것이
궁성까지 미쳐 온 것이라고 아뢰오.
그게 무슨 소리란 말이냐아아아……
하다가 공주도 그 바람에 넘어지고 말았다는데
그날 이후 공주는 한숨조차 쉬지 못했다지.

아주 까마득히 먼 옛날 먼 나라의 이야기
믿거나 말거나…….

2015. 5

공주의 남자

영의정 자리가 한 달 넘게 비어 있었것다.
이 자리 채우는 게 왜 그리 힘든지 공주는 이해하기 어렵다.
다섯 명 중에 세 명이 제수도 되지 않은 채 말에서 떨어졌고
사직서 쓴 영의정을 그만두게 했다가 사람이 없어 다시 써야 했으며
둘째로 제수한 영의정 한 달도 안 돼서 뇌물 사건으로 그만두니
공주 영의정 제수만 생각하면 머리에서 쥐가 날 지경
사실 공주 생각으로는 영의정이라는 게 뭐 하는 일이 있나
그저 공주가 하라는 대로 하면서 대신해서 교지나 읽으면 되는 것
그런데 그런 것 할 사람이 그렇게 찾기 어렵다니
그 사연을 자세히 보게 되면 공주가 누구 탓할 일도 아닌데
지금부터 그 야그를 좀 해 보자.
공주가 왕이 되자마자 제수하려던 영의정
왜 노인네를 택했냐고 말들이 많은데 모르고 하는 소리다.

도승지까지 늙어서 공주는 노인네 취향이라는 말까지 나왔지만
공주는 사실 늙어서 제 몸만 간신히 가누는 그런 영의정을 필요로 했는데
알고 보니 이 노인네가 투기꾼으로 전국적으로 땅을 사들이고
두 아들까지 군역을 피했다고 한다.
공주 노발대발하여 승지들에게 왜 진작 검증 못 했느냐 야단을 쳤지만
007작전하듯 사람을 고르는 공주 스타일에 이런 누수는 뻔한 일
다음에 고른 비교적 노인네도 투기 의혹이 있고 아들이 군역을 기피했다는데
그 정도가 좀 약한지 유생들이 덜 떠들어서 무사히 제수를 했는데
이 인간 마음에 드는 것이 의금부 출신답지 않게 조용하고 부드러운 거라
그저 시키는 대로만 하고 영의정입네 행세하지 않아서
끝까지 그 자리 지키기를 바랐는데
아 글쎄 남쪽 바다에서 배가 침몰하는 사건이 일어나 버렸으니
결국 영의정이 책임을 지고 그만두었는데
다음에 제수한 영의정 후보
의금부 출신 중에 강성이면서 제 나름대로 깨끗하단 소리를 들었다는데
공주 사실 내심으로는 강성이란 것이 조금 꺼림칙했지만
이 사람을 쓰면 유생들도 크게 반대 안 할 거라는 말에 그러자 했는데

아 이 인간이 의금부 그만두고서 전관예우라는 걸로 어마어마한 돈을 받았다는 거라.

공주는 이런 인간이 문제가 없는 편이라면 의금부가 참 썩기는 썩었다 싶으면서

지가 그만두어 주기를 바랐는데 그래도 자존심 있는지 지가 스스로 말에서 떨어졌것다.

다음으로 고른 영의정 후보는 공주와 코드가 정말 맞았는데

공주가 말로 하지 못한 것을 종종 대신 하던 유생이라지.

섬나라 오랑캐한테 우리가 나라를 빼앗겼던 것은

조물주가 우리에게 준 시련이었다고 말했다는데

공주가 부왕에게서 자주 들었던 말이 바로 그것이라.

그저 우리는 섬나라 오랑캐 따라서 하면 된다는 게 부왕의 말씀

백성들, 유생들이 알지도 못하면서 섬나라 오랑캐를 무조건 싫어하는지라

그렇지 않아도 그런 생각이 못마땅하다고 공주는 생각했었는데

아뿔싸 그런데 이번에는 이게 문제가 될 줄이야

여기저기서 상소가 올라오고 신문고가 요란히 울리면서 난리가 나는 판이라

버티고 버티던 그 인간 결국 말에서 떨어졌것다.

공주 할 수 없이 비교적 노인네를 다시 영의정으로 불렀는데

아니 정확히 말하면 받은 사직서를 몇 달 만에 돌려주었것다.

남쪽 바다에서 배가 침몰한 사건은 누가 책임지느냐고

일부 유생들이 떠들어대기는 했지만

시간이 흘러 백성들도 어느 정도 잊어버린 일

그럭저럭 넘어가고 있는 듯 없는 듯 영의정 일을 하게 하다가
나랏일 쇄신한다며 다음번 영의정으로 장난감을 하나 골랐는데
이 인간은 공주더러 폐하라고 하면서 노골적으로 아부를 떠는 인간
이 인간 역시 투기 등으로 부패의 종합세트지만
공주가 내심 염두에 두어 영의정으로 임명했는데
이 인간이 영의정 되자마자 벼슬아치들 군기 잡으면서 까부는 거라.
그렇지 않아도 눈에 거슬렸는데 치부책에 명단까지 나오고
자기는 아니라고 우겨댔지만 결국 물러나게 되고 보니
공주 조금은 암담한 심정이 된 것이다.
이놈 저놈 다 해 봐도 자기 수첩에 있는 놈 중에는 할 만한 놈이 없는데
문고리 잡은 승지에게 물으니 공주의 남자를 뽑으란다.
공주의 남자라…… 공주는 무슨 말인지 몰라서 어리둥절했는데
사실 공주에게 남자라면 부왕이 최고이다. 얼마나 강인하고 카리스마 있느냐.
하지만 그건 부왕일 뿐이고 그런 남자를 갖고 싶지는 않다.
물론 공주에게도 남자라고 할 사람이 없지는 않았다.
공주에게 여왕이 되실 거라고 속삭여 주던 남자
아버지 같은 나이였지만 보기만 해도 즐거웠었지.
둘이 만나 한 번 방에 들어가면 세월 가는 줄 몰랐다.
아 그런데 영계로 간 그를 영의정에 앉힐 수는 없는 일 아니더냐.
남자 하면 남동생도 떠오른다.

공주를 모르는 곳에서 도와주는 남자를 싫어하던 남동생
아마 부왕이 살아 계셨으면 이 자리는 남동생 차지가 되었을 건
뻔한 일
어찌 보면 딱하고 불쌍하지만 괘씸할 때도 많다.
지가 사내라고 이 누나에게 감히 도전하려 하다니
이런 생각들을 해도 문고리 잡은 승지가 말하는 공주의 남자가
누구인지
공주 아무리 생각해도 모르겠는데
문고리 승지 왈 형조판서를 생각하시란다.
그가 왜 과인의 남자인고 하니
그에 대해서 좔좔 말해 쌓는데
부자들이 의금부 사헌부에 뇌물 먹인 사건이 있었는데
엑스 파일이라나 뭐라나 하는데 그때 수사 담당을 했던 인간이라
그들을 모두 풀어 주고 오히려 고발한 사람을 가둬 버렸으니
부자들을 위해 벼슬을 하는 것이 공주와 코드가 맞고
공주가 왕이 될 때 의금부에서 댓글을 써서 부정을 했다는데
그 책임자인 의금부 대장 구속하는 것을 한사코 반대했으며
그를 잡아넣으려는 포도대장의 사생활을 캐내어 물러나게 하였고
공주가 부왕의 비밀금고에 있던 돈을 꿀꺽했다는 것을 만천하
에 공개한
자그마하지만 사사건건 덤벼드는 붕당을 강제로 해산시켜 버렸
으며
지금도 공주 뜻에 따라 치부책을 수사하니 이 아니 예쁜가
앞으로도 공주 말만 듣고 공주만 바라보며

공주 말 안 듣는 놈 잡는 데 온 힘을 기울일 터
공주 듣고 보니 그야말로 자기의 남자임에 틀림없는지라
하지만 영의정 후보들이 하도 문제가 많아서 그는 문제가 없는가 물으니
문고리 승지 왈 군역을 두드러기가 나서 안 갔으며
의금부 벼슬을 그만두었을 때 전관예우라는 이름으로 돈을 많이 벌었다는 점은 있지만
여기까지 말하니 공주 군역, 전관예우라는 말에 갑자기 두드러기가 나는 듯
공주의 남자들은 문제가 많고,
쓸 만한 놈들은 공주의 남자가 아니니
공주의 고민은 깊어만 가는데
그래도 일단 이 인간을 밀어야
공주가 바라는 조용한 세상이 이루어진다니 공주 그렇게 하기

로 했것다.

아니 그런데 이 인간이 세금도 안 냈다는 거라
그러다가 영의정 제수 소식을 듣고는 부랴부랴 냈다는데
게다가 아들, 딸에게 증여한 세금도 떼먹었다가 뒤늦게 낸 모양
법과 원칙을 중시한다는 형조판서가 이래도 되느냐는 아우성이 들렸지만
공주는 9억 냥을 꿀꺽하고도 세금 한 푼 안 낸 사람
그까짓것 뭐가 대수냐 나중에라도 냈으면 나보다 나은데 라는 마음으로
영의정 제수를 밀어붙이기로 했것다.
그 후 공주의 남자는 어찌 되었는지
유생들 백성들이 한사코 반대해서 말에서 떨어졌다는 말도 있고
제수는 됐지만 곧 쫓겨났다는 야그도 있고
공주 말만 듣고 무리수를 두면서 조정을 온통 의금부처럼 움직이다가
공주가 왕을 그만둔 뒤 지가 부리던 의금부 벼슬아치 손에 끌려
쇠고랑을 찼다는 이야기도 전해지는데
아주 먼 옛날의 먼 나라 이야기 믿거나 말거나…….

2015. 5

공주와 돌림병

자빠져도 코가 깨진다는 말이 있것다.
공주는 어쩌면 이렇게 요즘 자기에게 딱 맞는 말일까 생각했다.
임금이 되던 해에는 의금부와 별기군 병사들이 댓글을 써서
부정하게 임금이 됐다고 촛불 들고 횃불 들고 떠들더니
다음해에는 저 남쪽 바다에 배가 빠져서 수백 명이 죽었다.
한 해가 지나도록 뻔뻔하게 버텨서 이제 숨 좀 돌리나 했더니
아라비아에서 온 돌림병이 무섭게 번지고 있다.
공주 이 말을 처음 들었을 때 그냥 우습게만 생각했다.
그런데 자꾸 번져 나가고 죽는 사람도 생기는 거라
공주도 아라비아를 얼마 전에 다녀왔으니 괜히 켕겼다.
아라비아에서 먹은 낙타 고기 생각도 났다.
이 돌림병이 낙타 고기 먹는 사람이 걸린다지 않느냐.
속으로는 켕겼지만 모른 척하고 있으면서
일단 돌림병에 대해 말을 만들어서

악의적으로 퍼트리는 자들을 잡아들이라고 포도청에 지시했는데
사실 공주가 할 줄 아는 일이란 건 그것밖에 없으니
그런데 문고리 잡고 있는 승지가 조심스럽게 아무래도 한말씀하셔야겠다고
그래서 승지들을 모아 놓고
길거리에 낙타도 없는데 웬 아라비아 돌림병이냐고
그것 막기가 그렇게 힘드냐고 짜증 한번 냈더니
요즘은 왜 그렇게 말 많은 놈들이 많으냐
이것 가지고도 여기저기서 난리라
부글부글 끓는 마음을 진정하지 못하고 있었는데
드디어 터질 것이 터지고 말았다.
한성부윤이란 자가 한밤중에 서생들 모아 놓고
이 돌림병이 지금 한성 갑부가 만든 병원에서 돌고 있단다.
이럴 수가 있나 이건 정말 큰일이다.
공주에게 큰일인 건 백성들 사이에 돌림병이 퍼지는 것이 아니라
이 병원과 손잡고 아라비아로 의술을 수출하고
이런 병원들을 세운 거부들이 나라가 하는 의원도 모두 접수하게 해서
돈 많이 벌어 누이 좋고 매부 좋은 일이 막히게 된 것을 말하는데
공주 나서서 판서들에게 절대로 이 병원 이름을 말하지 말라고 했것다.
그런데 서생들이 벌써 떠들어 대고 있고
백성들도 우매한 자들 빼고는 거의 알고 있는 모양이라
영의정 자리가 비어서 대신하는 좌의정에게 쪽지를 보내서

환자들이 거쳐 간 병의원들은 아무 걱정 없다고 말하라고 했는데
이 멍청한 좌의정이 글쎄 공주가 시킨 것이란 걸 서생들에게 들키고 만 거라
이래저래 되는 일 없는데 왠지 열이 나는 것 같고
괜히 재채기하는 궁녀만 봐도 오싹오싹하여
궁궐 정문에 열 감지기라는 걸 설치했겠다.
아라비아 돌림병이 열이 많이 난다지 않더냐.
열이 조금이라도 나는 년놈은 궁궐 출입을 막으라고 엄명을 내려 놨는데
내시 말을 들으니 전 임금은 제물포항에 열감지기를 갖다 놓았다고
역시 다르다는 말이 백성들 사이에서 돈다는 것 아니냐.
다시 승지들을 불러 도대체 뭣들 하냐고 호통을 쳤더니
문고리 잡고 있는 승지가 가까이 와서 은근히 말하길
전하 돌림병이 꼭 나쁜 것만은 아니옵니다.
그게 무슨 말이냐고 공주가 의아하여 쳐다봤겠다.
아 치부책 사건도 흐지부지해도 되게 되었고
황당안 영의정도 그대로 되게 되었지 않사옵니까 헤헤
하긴 그러네 공주 왜 그걸 생각 못 했을까.
영의정 자리가 오래 비어 있는데 제수하는 자마다 문제가 많아
마음에 가장 드는 황당안을 골랐더니 그야말로 황당한 거라.
군역 피해 세금 떼먹어 벼슬 잠시 물러났을 때 전관예우로 돈 많이 벌어
하지만 공주 이 자를 밀어야 왕위가 보존된다는 것 믿어 의심치

앉았는데

그래 황당안 영의정은 잘하고 있는가?

영의정 자리 앉자마자 비상근무한다고 합니다.

공주 흐뭇하게 미소지으며 그래 무슨 비상근무를 하는고?

작년에 남쪽 바다에 빠져 죽은 놈들 유가족과 선비들이 시끄러운데

그놈들부터 잡아들이라고 지시를 했다 하옵니다.

역시 황당안이로다. 공주 한결 마음이 가벼워졌것다.

이제 전하가 저잣거리나 서당이라도 가셔서 한말씀하시면

용안을 본 백성들이 그걸로 감지덕지할 것이옵니다.

그래서 한성 갑부가 만든 병원에도 한번 가고

그 근처 서당도 한번 들러 쇼를 했는데

사실 잡아들이란 것말고 또 한 가지 할 줄 아는 것이 바로 이것이었으니

요즘 돌림병이 아라비아 독감 정도니 손만 잘 씻으라고 학동들

에게 말했겄다.

임금이 돼 가지고 그런 안이한 생각하느냐는 말이 공주 귀에까지 들릴 정도이니

문제가 심각하기는 심각한 모양이라고 생각한 공주

시장이 철시를 하고 돌림병은 아무래도 이번 여름은 넘겨야 한다는데

백성들이 공주를 지지하는 것이 왕 된 이래 제일 적더란다.

공주 다급한 마음에 황당안에게 말해 돌림병은 잡아넣을 수 없나 물어라 하니

역시 공주의 마음을 잘 읽는 황당안 영의정

의금부 포도청 동원해서 돌림병 병균을 잡아들이라고 했겄다.

그로부터 사흘 뒤 의금부에서 기침 소리 끊이지 않고

포도청 포졸들이 기침하고 재채기하고

그들과 가까이서 일한 사령들 내시들 궁녀들도 열이 난다는데

공주 그만 겁이 나서 자기 방문 앞에다 열 감지기를 설치하라 했겄다.

본래부터 판서들 얼굴을 맞대고 보고받는 걸 싫어하던 공주

이날 이후로 누구와도 직접 만나는 일이 없었다는데

그러다 보니 시간은 흘러 흘러 백성들이 공주 얼굴까지 잊어버렸다지.

그 공주가 임금이 맞기는 맞는지도 헷갈리게 된 판

아주 먼 나라의 먼 먼 옛날에 있었던 이야기 믿거나 말거나…….

2015. 6

공주와 배신

공주는 배신을 무지무지 싫어한다.
배신을 싫어하지 않는 인간이 있겠는가마는
공주는 그 싫어하는 정도가 유독 심하다.
그것은 공주가 배신당한 적이 있기 때문일 텐데
정확하게는 공주 스스로 배신당했다고 생각하기 때문일 터
오래 전에 부왕이 심복인 의금부 대장의 칼에 찔려 죽은 일이 있었다.
그것이 공주의 배신 혐오증을 더욱 굳세게 만들었다고 볼 수 있는데
사실 따지고 보면 부왕의 손에 죽은 정적도 많고
부왕의 부하였다가 버림받아 죽은 부하들도 많았으며
일찍이 젊은 날에는 섬나라 오랑캐 왕에게 충성하겠다고
혈서를 써서 나라를 배신한 일이 있으며
심지어 자신과 뜻을 함께했던 동지들을 팔아먹고

살아난 전력이 있다. 진짜 배신의 왕이었던 것이다.
게다가 부왕은 죽은 그날 공주보다 어린 여자와 술 마시다 죽었는데
하지만 공주는 그런 것에는 아무런 관심이 없다.
오로지 충성을 바쳐야 할 부하가 상전을 죽였다는 사실만 기억한다.
배신이다. 그것은 배신인 것이다. 배신자는 심판해야 한다.
여왕이 된 공주, 항상 배신자가 있는지를 눈여겨보고 있었는데
공주가 여왕이 아니던 시절, 더 정확하게는 여왕이 되려고 막 활동을 하던 시절
공주의 비서실장 된 서생이 하나 있었다.
대국에 가서 공부를 하고 왔다는, 부왕과 고향이 같은 서생
조금 까칠한 듯해서 우려도 되었지만
그래도 공주에게 고분고분하여 일단 밑에 두었것다.
그런데 공주와 같은 붕당에는 쥐새끼라 불리는 파벌이 있었는데
그들과 공주 파벌의 대결을 쥐새끼와 닭대가리의 대결이라고 했다지.
왜 그렇게 부르는지 모르지만 암튼 그렇게들 불렀다는데
글쎄 이 서생이 쥐새끼 파벌들과 가깝게 지내는 거라
공주 무지하게 화가 나기는 했으나
거기까지는 배신이라고 말할 수 없어서 놓아 두었는데
공주가 임금이 된 뒤에도 여전히 쥐새끼 파벌들과 친하게 지내는 서생
붕당 내 유생들 대표로 뽑히더니만

자기 소신이라는 둥 어떻다는 둥 하면서
공주가 한 말을 두고 거짓말이라고 지껄이는 둥 망발이 심해지는 거라
마침내 남쪽 나라에서 배가 침몰한 사건을 조사한다면서
반대편 붕당과 합의해서 법을 만들더니
그 법으로 육조를 조사하겠다는 거라
판서들과 승지들이 가만히 보고 있을 리가 없지.
그 법을 시행령이라는 것을 통해 아무짝에도 쓸모없이 만들어서
공주 내심 얼마나 기뻤는지 몰랐는데
이 서생이 반대편 붕당과 짬짜미를 해서
판서들과 승지들이 법률을 쓸모없게 만든 시행령을
다시 고치도록 요구할 수 있는 법을 만들었것다.
드디어 화가 머리끝까지 난 공주
이것이 보자 보자 하니 못하는 짓이 없구나
그놈의 배 사건 때문에 공주가 얼마나 시달리는지
지놈이 몰랐더란 말이더냐
아니면 알고도 엿 먹이려고 했더란 말이더냐.
이것은 배신이니 심판을 해야 한다.
공주 마침내 승지들을 모아 놓고
이 유생 저 유생 다 불러서 모든 백성이 보는 앞에
배신자를 자기가 손보아 주겠다고 하려다가
그래도 백성이 주인인 척하는 시대라고 하니
백성더러 심판해 달라고 차갑게 말했것다.
이때부터 공주 특유의 얼음공주가 나라를 얼리기 시작했으니

물론 공주가 그래봤자 콧방귀도 안 뀌는 사람도 많았지만
공주네 붕당 벼슬아치들 사색이 되어 발발 떨면서
이 서생을 유생 대표에서 물러나라 외치고 다녔는데
기어이 유생 대표에서 물러나게 만든 공주
법전을 무시하고 통치한다 비난은 들었지만
그까짓 욕이야 하도 먹다 보니 이제는 무감각할 뿐
내친 김에 배신자 소탕 작전이나 벌여 볼까
공주가 임금 되는 것을 한사코 반대하다가
의금부 도움 좀 받았다고 난리를 치는 년놈들
공주가 왕이 된 것이 부정한 짓 때문이라고 하는 년놈들
남쪽 바다에 배 빠졌을 때 죽은 놈들의 가족들
그 가족들 도와준답시고 왕궁을 향해 떠들어 대는 유생놈들
배 빠진 날 7시간 동안 뭐했냐고 물고 늘어지는 년놈들
연초세 좀 올리고 근로소득세 등 꼼수로 올리려고 했더니
백성들 선동해서 부자 세금 올리라고 떠들어 대던 년놈들
언제는 이 나라를 구할 분은 공주님밖에 없다면서
지팡이까지 짚고 나서서 젊은 애들한테 호통치더니
그까짓 연금 좀 덜 준다고 비방을 늘어놓는 노인네들
문고리 승지들이 국정을 농단하고
그분이 그 뒤에 있다는 왕궁의 기밀을
무책임하게 누설하여 그분을 만천하에 알린 년놈들
돌림병이 공주 책임이라면서 책임지라고 떠든 년놈들
변호해 준다는 구실로 사사건건 공주 일에 딴지를 거는 율사놈들
너무 많아서 일일이 말하기도 어려우니 배신자 치부책을 만들

어 볼까.

내시에게 치부책을 정리해서 배신자 살생부를 만들라고 하니
내시 한참 낑낑대며 만들다가 바들바들 떨면서
전하 아뢰옵기 황송하오나 드디어 백성의 절반이 넘어가는 줄 아뢰오.

이렇게 되면 공주를 누군가가 배신한 것인지
아니면 공주가 누군가를 배신한 것인지
도무지 헷갈리는 판이라
공주도 조금은 찜찜하기는 하지만
아무튼 배신자는 심판해야 한다는 공주 소신 따라
절반이든 전부든 심판하리라는 굳은 마음으로
오늘도 공주는 배신자를 죽일 칼을 갈고 있다는데
그 칼에 맞지 않으려면

백성들 역시 무슨 수를 내지 않을 수 없는 판
그 뒤 공주와 백성은 어찌 되었을까.
아주 먼 나라의 먼 옛날에 있었던 이야기
믿거나 말거나…….

2015. 7

공주의 정상과 비정상

공주는 정상을 좋아하고 비정상을 싫어한다.
싫어하는 정도가 아니라 비정상의 꼴을 못 본다.
공주가 임금이 되고자 한 것도
비정상이 난리치는 나라를
정상으로 되돌려 놓겠다는 꿈이 있어서인데
공주가 야인이던 시절
나라는 온통 비정상투성이였다.
공주가 보기에 나라를 오랑캐의 침입으로부터 막아 내고
민생을 튼튼한 반석 위에 세우신 부왕
그분께서 돌아가시자마자
독재를 했다는 둥 떠들어댔다.
구더기 무서워서 장 못 담가서야 될 말인가.
선진 조국을 만들기 위해
그까짓 정적 몇 놈 죽인들 무에 그리 대순가.

암것도 모르면서 떠들어대는 놈들
잡아다가 고춧가루 좀 멕이고
철창 속에 있게 한다고 무에 잘못된 건가.
그걸 독재라고 떠들어대는 놈들 땜에
나라가 시끌벅적하니 이야말로 비정상인 나라가 아니더냐.
부왕께서 딸보다 어린 계집 끼고 술을 마셨다고 해서
백성된 도리로 떠들어서야 되겠는가.
궁궐 비밀금고에 수억 수십억 넣어 두었다 해도
다 나라 위해 가지고 있던 돈 뭐가 그리 문제이더냐.
저마다 시끄럽게 떠들어 대니
이런 나라 정상으로 잡기 위해 임금이 됐것다.
근데 임금이 되자마자 또 시끄러운 거라
의금부 포도청 등이 나서서
공주 임금 만들려고 애를 썼다나
시쳇말로 부정선거라고 한다던데
모로 가도 서울만 가면 된다고
일단 되고 나면 승복하고 일사불란하게 움직여야 하는 법
근데도 계속 떠들어 쌓으니 이것 또한 비정상이라
비정상이 거기서 그치는 것이 아니었다.
남쪽 바다에서 배가 침몰해 수백 명이 죽었것다.
공주도 마음이 아프고 또 백성들 보는 눈도 있어
구조 현장까지 달려가고 눈물까지 보였것다.
그 정도 했으면 조용히 추모나 하고
주는 돈 받고 국으로 지내면 될 것을

진상을 규명한다고 궁궐 앞까지 와서 난리고
공주더러 그 시간에 뭐했냐고 불라 한다.
심지어 남자 이름을 들먹이며 함께 있지 않았냐 하니
공주가 지까짓것들에게 보고해야 하느냐.
비정상도 한참 비정상으로 돌아가고 있구나.
이놈의 비정상은 몇 년이 되도록 잠잠해질 줄 모르는데
담뱃값 좀 올려서 세금 좀더 걷으려 해도 난리를 치고
역병이 돌았다고 공주더러 책임지란다.
철도를 부자들에게 팔아서 나라 곳간 좀 채우려 해도 안 된다고 악을 쓰고
부자라면 제 돈 내고 좋은 병원 가는 일이 당연한 일인데도 문제 삼고
자기가 녹을 주는 사람 자기가 자르지도 못한단 말인데
이 모든 것이 안 되는 나라 이게 어디 정상이냐.
몇 년 전 먹은 돈 때문에
그까짓 시골 토호 하나 자살했다고
영의정 도승지 등이 줄줄이 그만두어야 하다니
백성들 보호해 주려고 발달한 기술로
안방까지 살펴 주고 대화까지 들어 줬는데
도청이니 뭐니 하며 지랄하는 나라
드디어 공주를 진짜 열받게 한 건
젊은 애들이 애는 안 낳고 이 나라가 싫다고
외국으로 나가겠다고만 헌다는데
공주가 임금이 된 이 태평성대에 이 무슨 망발들이더냐.

그때 십상시라 불리던 문고리 승지 하나이
책을 잔뜩 들고 와서 아뢰기를
비정상적인 역사 교과서로 애들을 가르치니 이 모양이 됐단다.
공주 책만 보면 머리가 지끈거려
대충 훑어봐도 이건 문제가 많은 거라.
부왕을 헐뜯고 깎아내리기 여념이 없으니
공주 드디어 정상과 비정상의 성전을 선포했것다.
모든 역사 교과서를 다 불사르고
그 책 쓴 놈들 남김없이 잡아다 땅에 묻어라.
문고리 잡고 있는 승지 화들짝 놀라며
전하 그건 분서갱유라는 것으로
백성이 주인인 것으로 하는 나라에서는 안 되옵니다 하고 아뢰니
공주도 백성이 주인인 것처럼은 해야 한단 말은 들었것다.
그럼 무슨 수가 있을꼬 물으니
나라에서 역사 교과서를 만들면 된단다.
그것 참 묘수로구나 부왕도 그러셨지
그것이 안 돼서 정상이 비정상이 된 거구만
그래서 만천하에 알리길
지금부터 역사 교과서는 나라에서 만든다고 했것다.
근데 또 문제가 생겼으니
사관들 훈장들이 다 반대하고 나서는 거라.
찬성하는 사람 없냐고 내시에게 물으니
사관들은 다 비정상이라 없고
정상인 유생이 몇 있기는 하단다.

그러면 정상 유생들로 밀어붙이라 하니
이번에는 유생들 학동들까지 안 된다고 아우성치는데
공주 하루는 가시내들만 가르치는 서당에 갔다가
하도 방문을 반대해서 뒷문으로 재빨리 나오는 일도 겪었것다.
백성들도 점점 반대하는 숫자가 늘어만 간다니
비정상을 정상으로 바꾸는 일이 이리도 어려운가.
장님 나라에선 애꾸가 비정상이라더니
공주는 아무래도 정상이니 외로운 모양
하지만 부왕의 뜻을 받들어
백만이 죽든 이백만이 죽든 밀어붙이리라 마음먹고 있는데
공주 뜻에 따라 움직이는 벼슬아치마저 점점 줄어들고 있으니
그 뒤 공주는 어찌 됐을까.
아주 먼 나라의 아주 오래 전 이야기 믿거나 말거나…….

2015. 11

공주와 복면

공주는 어릴 때부터 복면을 싫어했다.

복면이라고 하면 '오페라의 유령'처럼 나쁜 사람들이 쓰는 것 아닌가.

하지만 복면을 쓰는 사람 중에는 일지매도 있고, 각시탈도 있는데
이들은 사람들이 나쁜 사람으로 보지 않는다고 하지만
공주는 이들도 싫어한다.

일지매는 의적이라고 하는데 도둑이면 도둑이지 뭔 말라죽은 의적이냐.

사람은 다 지 타고난 복과 노력으로 살아가는 건데
은수저 물고 태어나서 열심히 노력하여 모은 재산을
왜 빼앗아 가지고 게으르고 가난한 놈들에게 준다는 것이냐.
그게 강도지 다른 게 강도냐.
어려서부터 부왕에게 귀에 못이 박이도록 들은 이야기다.
그래서 공주는 일지매만이 아니라

임꺽정, 홍길동, 장길산이라는 자들을 다 싫어하는데
각시탈도 역시 싫어한다.
각시탈을 싫어하는 이유는 분명히 말하기 그런데
아무튼 독립운동이니 하던 것들
다 배가 불렀거나 아니면 뭘 모르는 놈들이 하던 것이라고
부왕에게 누누이 들어 왔던 터
하지만 사실 공주는 복면을 쓰나 안 쓰나 마찬가지이다.
어려서부터 이리저리 바꾸는 얼굴을 부왕에게 배웠기 때문이다.
낮에는 막걸리 마시다 밤에는 시바스리걸을 먹고
청렴결백한 얼굴로 근엄하게 있으면서 궁궐에 비밀금고를 두고
그렇게 살아온 부왕은 공주가 감정을 민낯으로 드러내면 호통을 쳤다.
반백년 넘게 그렇게 살아온 실력으로
먼바다에 배가 빠졌을 때 재빨리 달려가서 슬픈 표정을 짓고
백성들 앞에서 눈물 방울까지 보였었다.
아! 그런데 그게 안 통하는구나. 이것들이 책임지라고 난리가 아니냐.
그것 때문에 계속 심기가 불편해 있는 중에
간절히 원하면 온 우주가 도와준다고 말씀하신 그분
바른 역사를 못 배우면 혼이 비정상이 된다고 말씀하셨던 그분
갑자기 그분 생각이 나서 그 뜻대로 하기로 했것다.
자기는 만백성의 어머니라고 날마다 다짐해 온 공주
여왕이 되길 간절히 원해서 됐는데
되는 일이 없는 것은 바른 역사들을 못 배워서 그렇구나.

역사책을 죄다 불태우고 새로 쓰는 것이다.

그리고 법을 획기적으로 바꾸어서 경제 살릴 길을 생각해야것다.

필요하다고 생각되는 사람은 쓰고 필요없다고 여겨지는 사람은 자르며

품삯을 나이가 들수록 깎을 수 있는 법을 만들어

부자들이 마음껏 활개치는 세상

그 세상에서는 얻어먹을 것도 많아질 것이렷다.

그러면 천한 것들도 좋아라 할 것이라 여긴 공주

그 법을 만들라고 지시했는데

요즘은 법도 왕 마음대로 못 만들고

백성들 대표라고 하는 자들이 모인 곳에서 만들어야 한단다.

세상이 망조가 들기는 들었다고 생각했지만

백성이 주인인 척하는 세상이라니 공주도 별 수 없었다.

공주네 붕당이 다수라서 쉽게 통과될 줄 알았는데

반대편 붕당이 반대하는 데다가

공주네 붕당 출신인 의장이 합의 없이 처리를 못 하겠단다.

주먹이 운다고 생각하고 있던 공주

그러던 차에 천한 것들이 그 법을 반대하는 만민공동회를 열었것다.

그리고는 이것들이 궁궐로 쳐들어온다기에 수레로 벽을 만들어 막았는데

밧줄과 쇠파이프를 들고 수레를 뒤집으려 하는구나.

게다가 아 글쎄 이놈들이 복면을 쓰고 있더란다.

화가 난 공주 어전회의에서 이제부터 복면 쓴 놈들 다 잡아들이

라고 하면서
아라비아의 도적떼들이 그러지 않냐고 말했것다.
자기가 생각해도 그럴 듯한 비유인 듯하여 흐뭇했는데
아 그만 발음이 잘 안 돼서 아이에스라는 도적떼를
알쓰라고 해서 백성들이 킥킥대고 흉을 보기는 했지만
그래도 이제 속이 시원해지나 보다 했는데
복면 쓰는 것만으로는 잡아들일 수 없고 그것도 법을 만들어야 하는데
이 법도 반대편 붕당의 합의 없이는 만들기 어렵다고 하니
이래저래 속이 상한 공주 어전회의만 열면 성깔을 부렸는데
어느 주말인가 천한 것들이 복면 축제를 연다기에
그걸 만화경으로 보다가 갑자기 거기 가 보고 싶은 마음이 들었것다.
내시와 근위병들에게 말해서 미행을 하기로 했는데
벌벌 떠는 내시 옥체를 보존하시옵소서를 연발하는 거라.
이전 같으면 이 말에 하던 것도 중단했던 공주
몸매 관리라면 금을 줘도 아깝지 않다고 여겼고
그래서 몸매 관리를 도와주는 운동 조련사를 종3품까지 올려줬것다.
하지만 계속되는 헛발질에 시달릴 대로 시달려서 어차피 망가진 몸
걱정 말라고 한 뒤 복면을 그럴 듯한 것 잡아 쓰고
육조 앞을 비켜서 개천이 있는 곳 뜨락으로 갔것다.
복면을 쓴 무리들이 모여서
노동개악을 저지하자 라고 하고

역사 반란 중단하라고 하는데
뭔 말인지는 모르겠지만 맞는 말인 듯하여
따라서 했더니 기분이 그렇게 좋을 수가 없는 거라.
대궐은 너네 집이 아니고 역사는 너네 가족사가 아니다.
이런 글씨가 쓴 팻말을 들고 있는 복면 쓴 처자도 있는데
이게 무슨 말이냐고 내시에게 물으니
황공하옵니다만 연발하는데
갑자기 마이크 잡은 자 하나이 큰소리로
여러분 백성을 너무 사랑하셔서
이제 그만 일하고 언제든지 쉬게 만들어 주겠다는
공주님께서 우리와 함께해 주셨습니다 라고 하지 않는가.
공주님 이리 와서 한말씀 부탁드립니다.
노동개악 중단하고, 역사반란도 포기한다 라고요.
공주는 복면 쓰고 있는 자기를 어떻게 알았을까 의아했지만
원체 사람들 앞에 나서기 좋아하고 박수 받기 좋아하는지라
손을 번쩍 들고 군중을 향해 손을 흔들었는데
갑자기 근위병들이 둘러싸면서
전하 옥체를 보존하시옵소서
어서 바삐 피하시옵소서
이러는 것이 아니냐.
그러더니 갑자기 군중들이 험악해지면서
공주는 물러나라 물러나라 물러나라
세 번 외치더니 몰려오는데
놀란 공주 마구 소리쳤것다.

물대포는 어딨느냐 최루탄은 어디 갔냐
사과탄 지랄탄은 다 무엇에 쓰고 있단 말이더냐.
그러면서 도망치다가 답답해서 복면을 벗으려고 했는데
그만 안 벗겨지는 복면 때문에 얼굴을 죄다 뜯어 놓고는
그 때문에 궁궐에서도 복면 쓰고 있게 되었다는데
그때 군중 속에서 나온 말이
복면이나 민낯이나 그게 그거이니 써 봤자 아니겠어.
이런 말을 공주가 들었는지는 모르겠고
아무튼 아주 오래된 옛날에
아주 머나먼 나라에서 있었던 이야기라는데
믿거나 말거나…….

2015. 12

3부

공주의 거울

- 공주의 거울
- 공주가 기가 막혀
- 공주는 잠 못 이루고
- 공주와 지진
- 공주와 순살
- 공주는 외로워 외로워
- 공주와 도둑들

공주의 거울

공주에게는 학창 시절부터 갖고 있는 특수한 거울이 있었다.
공주가 학생이던 시절로 가 보자.
어느 봄날 궁궐에 한 마법사가 찾아왔것다.
부왕에게 초대받아 온 마법사가 마음에 들어
공주는 따로 불러서 만나기를 여러 차례
그에게서 거울 하나를 선물받았다.
마법사 말하기를 이 거울은 신기한 거울이옵니다.
거울아 거울아 이 나라에서 누가 제일 예쁘니
하고 물으면 대답을 해 준답니다.
공주가 하도 신기해서 한번 해 봤것다.
거울아 거울아 이 나라에서 누가 제일 예쁘니
그러니 아 글쎄 거울이 답하기를
공주님이 이 나라에서 제일 예쁘지요 하는 게 아닌가.
공주가 사실 그런 생각을 갖고 살아오기는 했지만

거울한테 그런 소리를 들으니 마음이 들뜰 수밖에
그런데 마법사가 없을 때 물으면 거울이 대답을 안 하는 거라.
자연히 공주가 마법사를 찾을 수밖에
궁궐 출입이 잦아진 마법사, 주위의 눈총을 받았는데
결국 궁궐 출입이 금지되었것다.
부왕에게 가서 울고불고해도 부왕이 안 된다고 하면서
하지만 마법사를 어떻게 하지는 않겠다는 약속만 받고 말았다.
마법사가 없으니 거울은 무용지물이 될 수밖에
어디 처박아 놓고 쓰지 않고 있었는데
부왕이 공주보다 어린 여자 끼고 술 마시던 자리에서
의금부 대장의 칼에 맞아 돌아가시고
궁궐 밖으로 내쳐진 공주
쓸쓸한 나날을 보내는데 웬 여인이 찾아왔것다.
그 여인 왈 자기가 마법사의 딸이라나.
외로운 공주와 말벗이 된 그 여인
하루는 새끼 마법사를 데리고 왔는데
그 여인의 남편이니 말하자면 마법사의 사위였던 셈이라
새끼 마법사도 마법사인 건 매한가지라
자기 장인처럼 거울을 다룰 줄 알리라 믿고 한번 해 보라 하니
새끼 마법사 왈 거울아 거울아 이 세상에서 누가 제일 예쁘니
그런데 거울이 대답하지 않는 거라.
새끼 마법사 당황하다가 낯빛을 바꾸더니
예쁜 것보다는 진실한 사람을 찾아야 할 것 같습니다.
하긴 이제 이 나이에 제일 예쁘다고 해야 뭐하랴.

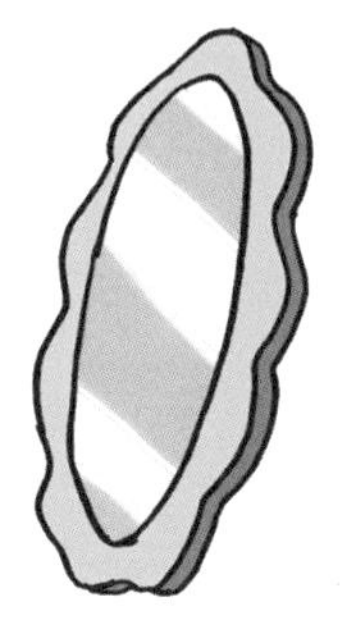

공주는 진실한 사람을 찾는다는 말이 그럴 듯하여
한번 그래 보라고 했는데 아 글쎄
거울아 거울아 이 세상에서 진실한 사람이 누구니 하니
모르는 사람 얼굴만 잔뜩 나오는 거라.
가끔 어디서 본 듯한 얼굴도 있기는 한데
자세히는 생각 안 나도 공주가 싫어하는
입바른 소리 잘하는 무슨 신부, 목사, 승려
그리고 부왕이 싫어하는 시만 쓰던 시인들이겄다.
그때 새끼 마법사가 주문을 잘못한 것 같다고 하면서
거울아 거울아 공주님께 진실한 사람이 누구냐.
그렇게 말하면서 공주님께를 아주 작은 소리로 했는데도
아 글쎄 거울에는 아무 사람도 안 나타나는 거라.
이럴 게 아니라 객관식으로 물어야 할 모양입니다.
이놈이 본고사가 아니라 학력고사에 익숙해져서

하긴 공주가 처음 거울을 받을 때는 본고사 시절이었다.
거울아 거울아 이 네 명 중 공주님께 진실하지 못한 인간을 골라라
예, 두 번째 인간이 공주님 욕만 하고 다닙니다
거울에서 이런 대답이 나오는 것이 아닌가.
이때부터 공주는 자기에게 진실하지 못한 불충한 인간을 가려내려고
거울에게 물어보았고 거울도 대답을 해 주었다.
그럭저럭 세월이 지나 여왕의 자리에 오른 공주
새끼 마법사를 은밀히 가끔 만나면서 거울을 활용해 왔는데
문제가 생겼다, 거울이 공주에게 진실하다고 한 인간이
아니 공주에게 진실하지 않은 것은 아니라던 인간이
공주가 대국에 갈 때 따라갔다가 젊은 처자를 희롱한 거라.
그리고는 헐레벌떡 혼자 본국으로 돌아왔다는데
공주가 거울에 다시 물어보아도
분명히 공주에게 진실하지 않은 사람은 아니었다.
뿐만 아니라 장난감이라 불리던 영의정이 있었는데
공주에게 진실하지 않은 것은 아니어 귀여워해 주었건만
이 인간이 비리 혐의를 받고 자살한 거부의 치부책에 나온 거라.
하지만 거울이 이런 잘못만 했던 것은 아니었다.
공주네 붕당 내 유생 대표를 하던 인간이
공주에게 진실하다 하여 오래 곁에 두었는데
지가 좀 힘이 생겼다고 생각했는지 어쨌는지
공주의 말을 부정하면서 까불어 대서

거울에게 물어보니 공주에게 진실하지 못하다는 거라.
공주 배신자로 낙인 찍고 쫓아 버렸는데
그를 좇아 까불어 대던 유생들이 따라갈까 약간 걱정도 했지만
다들 겁을 먹고 바들바들 떨면서 공주 눈치만 보니
이때부터 공주는 한결 붕당 내 유생들 다스리기가 쉬워졌것다.
그래도 아직 영수란 놈이 가끔 한 번씩 까불어 쌓는데
그러다가도 공주가 눈 한번 흘기면 꼬리 내리기를 여러 번
아직은 이놈을 쫓아낼 때는 아니라고 생각하고 있던 차에
이번에는 공주 덕에 낙하산 타고 방송사 사장 된 인간이
공주가 대국에 갈 때 따라가서 한 번에 백만 냥씩 하는
식사를 하면서 호화판으로 놀았다고 해서 난리가 난 거라.
이 인간에게 맡긴 방송사가 외국에 사는 교포 대상으로 하는데
계속 적자 상태라서 어려운 데도 이런 짓을 하고 다녔으니
공주 정말 화가 나서 거울에게 다시 물으니
분명히 공주에게 진실하지 않은 것은 아니라는 거라.
거울이 작동을 하지 않는 것인지 뭐가 잘못된 것인지
새끼 마법사가 없으니 물어볼 수도 없는 일
이럴 때면 가까이 오지 못하는 새끼 마법사 생각도 나지만
새끼 마법사는 공주 곁에 올 수 없게 되어 버린 몸
새끼 마법사가 승지들을 조종한다는 문건을 만들어서
국정을 농담 아니 농단한다고 떠든 승지가 있었것다.
옷을 벗기고 의금부에 넣었는데 재판부에서 무죄를 받았단다.
부왕 때 같으면 목멱산 지하 감방에 넣어 뼈도 못 추리게 했을 텐데

이제는 백성이 주인인 척해야 하는 세상인지라
재판도 공주가 직접 못 하고, 또 따로 하는 사람이 있다니
이런 황당한 일도 거듭 일어나 공주를 속타게 했것다.
더 문제가 된 건 이 인간이 가만히 죽어지내면 좋으련만
얼마 전에 반대 붕당으로 들어가 버렸단다.
이 인간이 공주의 일을 모르는 것 없이 속속 아는 일을 하고 있었대서
무슨 지뢰가 터질까 공주 전전긍긍할 수밖에
이런 배신자가 있나 이런 놈은 어찌해야 하나
이런 놈처럼 손봐 줄 놈이 하나둘이 아닌데
새끼 마법사가 없으니 묘수가 안 떠오르는 거라.
새끼 마법사가 없어도 꿩 대신 닭이라
하지만 닭이라 불리던 공주 머리에서는 나오는 게 없는데
닭이라도 조금 다른 닭도 있기는 있는 법
새끼 마법사의 조종을 받던 문고리 잡고 있는 승지들만 쳐다보는데
이 인간 중 하나이 묘수라면서 공주에게 한 말
전하 속 끓이지 말고 한 놈만 말하라고 해서 조지시지요
거울에게 가장 진실하지 못해서 없어질 인간을 찾으라는 것이었다.
하긴 붕당 내 유생 대표 자를 때도 이렇게 하니 효과가 있었것다.
공주 옳다고 여기고 거울을 바라보면서
지그시 눈을 감고 엄숙하게 한마디했것다.

거울아 거울아 이 나라에서 가장 진실하지 못한 인간이 누구냐
거울이 흐려지면서 땀을 비질비질 흘리는 거라
하지만 대답을 하지 않아서 애간장 타는데
그 인간 하나만 말을 해 다오 하나만 제발 말을 해 다오.
거울아 거울아 이 나라에서 없어져야 할 인간 하나만 말해 다오.
공주 땀을 비오듯 흘리면서 울부짖듯 말을 했것다
거울아, 거울아……
거울이 응답을 하려는지 마구 흔들리고
거울 잡은 공주 손도 함께 와들와들 떨렸는데
폭풍우가 몰아치는 듯 주위가 소란스러워지더니
공주가 눈을 살며시 뜨고 거울을 쳐다보다가
두 눈이 휘둥그레지면서 거울 속으로 들어가려는 듯
뚫어지게 쳐다보다가
으악 외마디 비명을 질렀것다.
궁녀들이 달려오고 내시가 달려오고 문고리 승지도 달려오고
저게 누구냐 저게 누구냐
거울 속에서 싸늘하게 웃는 사람
아아, 그 사람은 바로 공주 자신이었던 것이었다.
그 뒤로 어떻게 됐을까.
공주가 거울을 내팽개치고는
궁을 돌아다니며 기괴한 웃음을 웃었다는 말도 있고
사흘 밤낮을 울고 반성한 뒤
자신에게 진실한 사람은 더 이상 찾지 않고
백성에게 진실한 사람을 찾아서

거울도 신이 나 대답을 해 줬다는 말도 있는데
믿거나 말거나
아주 오래된 아주 먼 나라의 이야기…….

2016. 2

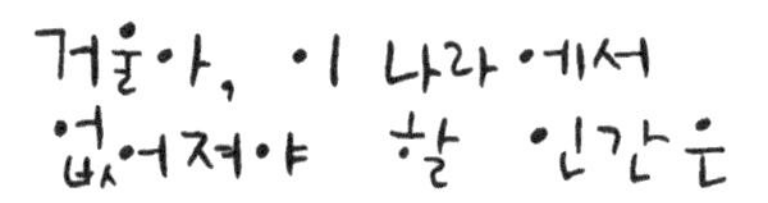

공주가 기가 막혀

기가 막힌다는 말이 있것다.
온몸을 돌아야 하는 기가 막힌다는 말로
여러 가지 뜻으로 쓰이고 있는데
어처구니없거나 어이없는 일일 때
억울하거나 화가 치솟을 때 쓰지.
그런데 이 말이 참 묘한 거라.
흥부가 기가 막히다고 하면
흥부가 기가 막힌 거인데
놀부가 기가 막히다고 하면
놀부놈이 사람들을 기막히게 하는 거라.
기가 막히도록 억울하고 화난 사람에게나
기가 막히도록 화나게 만드는 년놈에게나
둘 다 쓸 수 있는 말인데
이를 일컬어 중의법이라고 하것다.

이제 기가 막힌 야그를 한번 시작해 볼 거나.
무슨 야그냐 하면 공주가 기가 막히다는 건데
공주가 억울하고 화가 난 걸까
공주가 남들을 화나게 만드는 걸까
한번 야그들 듣고 생각해 보더라고.
우리의 공주님 화가 잔뜩 나셔서
책상을 열 번이나 땅땅 두드리셨다는데
그리고는 어떤 나라에도 없는 기가 막힌 현상이라고.
공주가 화가 날 사연이야
밤새 주구장창 11시간 39분보다 더 야그해도
다 못할 만큼 길기는 한데
그거 한마디로 줄이면 간단해.
시상이 공주 맘대로 안 되는 거라.
시상의 중심은 공주고
뭐든지 공주 뜻대로 되어야 하는데
그게 안 되니 기가 막힐 수밖에
공주가 임금 되기 직전에
공주만이 살 길이라고 댓글을 올린 처자
사실은 의금부 아전이었는데
반대 붕당에 들켜서 문 걸어 잠그고
오돌오돌 떨며 밤을 지샜던 거라.
이걸 셀프 감금이라고 하는 거인데
이때 문앞에 있던 놈들 다 잡아다
주리를 틀어야 하는데 법이 안 된다는 거지.

부왕은 했던 일을 왜 난 못 하는 거냐.
결국 임금이 되기는 했으니 참아 넘겼는데
남쪽 바다에 배가 빠져 수백 명이 죽은 일에
공주 그 시간에 어디 갔냐고
이놈 저놈 떠들고
연애니 어쩌니 하는 말까지 하니
이놈들 잡아다 족치고 싶은데 방법이 별로 없어.
이래 가지고야 나라가 되겠느냐.
임금인 공주를 일사불란하게 떠받들어도
오랑캐를 물리치는 게 될까 말까 한데
공주 기가 턱턱 막힐 수밖에
그때 십상시라 불리던 문고리 승지 하나이
비정상적인 역사 교과서로 애들을 가르친 것이 문제이니
모든 역사 교과서를 없애 버리고
나라에서 역사 교과서를 만들자고 했것다.
공주 그것 참 좋은 생각이라고 여겨
역사 교과서 나라에서 만들기를 추진했는데
역사를 공부했다는 학자들이 거의 다 반대라.
역사를 공부한다는 유생들도 반대고
반대 붕당도 악을 쓰니 공주 또 기가 막힐 수밖에
더욱이 문제는 책을 쓰겠다고 선뜻 나서는 학자가 없으니
책 쓰는 이를 비공개로 하고
시전 상인에게 셈하는 법 가르치는 훈장까지 끼워 넣었것다.
이래 저래 되는 일 하나 없는데

공주 아무리 생각해도 자기가 하는 일이
백성들 좋자고 한 일인데 알아 주지를 않는지라
부왕 시절로 돌아가지는 못해도
사실상 그렇게 되는 법을 만들어 보려고
아라비아의 테러쟁이들을 막는다는 구실로
테러 막는 법이라고 만들기로 했것다.
이 법이 무슨 법인가 한번 불러 보자.
셀프 감금 때 문앞에 있던 놈들 테러쟁이 만들기
7시간 동안 뭐했느냐고 묻는 년놈들 통화 엿듣기
나라에서 역사책 만들기 반대하는 댓글 바로바로 삭제하기
공주를 반대하는 년놈들 주고받는 돈 모두 알아내기
이런 년놈들 감시하는 의금부 직원 감추기
포졸들로 안 되면 군졸 불러 혼내 주기
좋구나 이 정도면 시상이 공주 뜻대로 돌아갈 듯도 한데
삼권 분립이라는 요상한 것이 있어서
법을 만드는 데는 따로 있다고 하더라.
게다가 그 법을 통과시키려면
반대편 붕당과 합의를 하거나
아니면 비상사태라고 하면서 올려야 하는데
지금이 비상사태인가 묻는 이들이 많을 터인데
공주 마음대로 안 되는 시상이니 비상은 비상인 거라.
아 글씨 반대편 붕당 놈들이 이 법 막겠다고
필리버스턴지 바스탄지 한다고 난리더라.
밤새고 수다를 이어 가서 법을 못 만들게 한다던데

승지에게 보고받은 공주 너무나 열이 받아서
책상을 열 번이나 내리쳤것다.
공주 왈 어떤 나라에도 없는 기가 막힌 현상이라나.
그래서 공주가 기가 막혔다는 건데
사실 공주가 다른 나라를 많이 돌아다녔지.
하지만 그때마다 무슨 옷 입을까 걱정했지
필리버스터인지 바스타인지야 알 게 무언가.
공주 말을 들은 유생 하나이 하는 말인즉
지가 그런다고 우리가 쫄 줄 알았냐 하면서
기가 막힌 말씀을 하신다고 했는데
또 다른 유생 하나는
공주가 임금 되기 전 붕당 대표일 때
바로 이것을 공약으로 내세웠는데

이제 와서 기가 막힌다고 하면 되냐 하니
그 유생 말도 기가 막힌 말이라.
공주가 괜히 닭이라 불리겄는가.
이렇게 서로가 기가 막히고
기가 막히고 막히고 막히고 막히고 막히고
얼마나 막히던지 또 막히고 막히고 막히고 막히고
이날부터 기가 막힌 사람들이 병원에 줄을 섰다는데
김서방도 막히고 갑순이도 막히고 개똥이도 막히고
그래서 그 나라 사람들은 다 기가 막혔다는 야근데
이렇게 되면 공주의 기가 막힌 거인가.
공주가 백성들 기가 막히게 한 거인가.
아무튼 둘 다 공주가 기가 막혀라고 말하는 거인데
기가 막히면 그 다음은 어떻게 되는 거인지
아주 먼 나라의 아주 오래된 이야기
믿거나 말거나…….

2016. 2

공주는 잠 못 이루고

공주님이 잠을 못 이루신다고 여기저기서 난리다.
눈물까지 흘릴 듯 꺽꺽대며 애통해 하는 선량도 있다.
그런 사람을 일컬어 간신이라는 사람도 있고
만고충신이라는 사람도 있는디
허긴 간신과 충신은 자고로 보기 나름이라.
근디 공주는 왜 잠을 못 이루는 걸까.
누군가 그리워하는 사람이 있을까.
공주라고 그런 사람이 없겠는가마는
그렇다고 잠을 못 이룰 성격은 아닐 터
찜통더위 열대야가 연일 지속되는데
그래서 잠 못 이루는가 하면
사람 몸집보다 더 큰 부채 들고 시녀가 서 있고
에어컨까지 빵빵 틀어 대는 구중궁궐에서
더워서 잠 못 자다니 누구 죽일 소리인가

그렇다고 누진제를 적용해서 전기요금 더 내는 것도 아닐 텐데
그러면 도대체 무엇 때문에 잠 못 이룰까
공주는 자랄 때부터 지고는 못 배기는 성격
부왕만 빼고는 아무의 말도 듣지 않았단다.
부왕조차도 결정적인 순간에는
공주의 뜻을 꺾지 못했다는데
궁중에 드나들던 마법사 일이 바로 그것
그런데 요즘 공주는 뭔가 이상하다고 여긴다.
공주가 왕좌에 오를 때 부정이니 뭐니 하던 것도
시간이 흐르면 잠잠해지리라 생각했고
먼바다에서 배가 침몰해 아그들이 죽을 때도
가서 슬픈 표정만 지어도 감지덕지일 줄 알았는데
이건 날이 가면 갈수록 더욱 드세지는 백성들
누구 말을 듣고 아라비아의 테러를 핑계로
테러방지법인지 뭔지를 만들었는데
고것이 생각보다 그렇게 효력을 발휘하지 못하는 것 같고
선거의 여왕이라 불리던 공주
총선만 치르면 만사 오케이라고 생각을 했는디
아니 이런 일이 있는가 공주네 붕당이 지고 만 것이다.
정말 잠이 안 올 수밖에 없는 일
그런 와중에 공주네 붕당 대표를 뽑는다고 해서
공주가 나서서 힘 좀 쪼깨 썼것다.
공주를 위한다지만 사실은 반대하는 놈들이
하나로 뭉쳐서 떠들어 쌓는디

공주의 내시를 자처하고 나선 인물이 있었겄다.
공주님 잠 못 이루신다고 꺽꺽대던 바로 그 인간
이 인간이 공주 맘에 드는 일을 한 것이 한두 번이 아닌데
이 인간 왈 보잘것없는 자기를 공주가 선택해 줘서
여기까지 왔단다 지가 보잘것없는지 알기는 아는 모양
이 인간이 승지를 한 적도 있는데
남쪽 바다에 배가 빠져서 아그들이 죽었을 때
이 인간 나서서 방송국에 전화해서 조용히 해 달라고
그것 때문에 한창 난리가 났지만 공주 마음에 들어선지
이 인간 아랑곳하지 않고 열심히 떠들고 다니더니
공주 덕을 보았는지 어떤지 대표가 되었겄다.
공주 아직도 자기 힘이 있다 여겨 정말 기뻤는데
그날도 역시 잠을 못 이뤘다 너무 너무 좋아서
그런데 그러고 얼마 지나지 않아서
공주의 승지 하나이 입길에 오른 거라.
이 승지로 말할 것 같으면 보통 승지와는 다른데
이전에 늙은 도승지가 있었고 문고리 잡은 승지들이 있었다면

난 여당대표이기 전에
공주님의
따·까·리~

지금 공주의 남자라면 단연 이 승지인데
그가 하는 일이 의금부, 포도청 등을 관리하는 일
지 아들이 포졸로 군역을 하는데 좋은 자리를 주라고 했것다.
그게 아니면 포도청에서 알아서 긴 것인지도 모르는데
이 승지 처가가 아흔아홉 칸도 넘는 재산을 가진 부자라
처가가 하는 장사를 이용해서 땅도 사고팔고
자동차도 굴리고 돈도 이리저리 빼돌렸다는데
이런 말들이 떠돌아다니자 특별 감찰이라는 게 시작됐것다.
이 특별 감찰이라는 것이 바로 공주가 만든 것
종실 사람들이나 왕의 측근들 비리를 조사한다는데
공주는 자기 주변에는 조사받을 만한 사람이 없다고
공주 특유의 황당한 착각을 하고는
이것을 왕이 될 때 내걸기도 했것다.
그런데 특별 감찰을 했다는 벼슬아치가
이 승지의 비리를 삐딱한 언론에 알렸다고 하니
공주 분노가 이만 저만이 아닐 판
당장 그놈을 잡아들여서 물고를 내라고 했는데
승지 내시들이 그건 안 된다고 하면서
일단 엄포만 놓자고 하니 공주 간신히 참았것다.
이래 저래 잠 안 오는 일만 생기는구나.
잠 안 오는 김에 텔레비전이란 걸 틀어 보니
지구 반대편에서 올림픽이란 것을 한다는데
금메달이라도 많이 따면 공주 그걸로 폼 좀 잡으려 했는데
웬걸 그 성적조차 좋지 않구나.

요즘 백성들 같으면 그것이 공주 탓이라고 여길까 걱정이 되는 공주
잠을 못 이루다 꼬박 밤을 새우고 창문 밖을 보니
궐문 앞에 웬 사람들이 끝없이 줄을 서 있다.
내시를 불러 물으니 잠 못 드는 공주님 안부 물으러 왔단다.
기특도 하구나 그래 고맙다고 전하여라 하면서
자기 인기가 좋은 것을 실감하고 흐뭇했는데
그 사람들이 모두 수면제 한 알씩을 드시라고 가져왔단다.
그렇다고 저리 많이 올 필요는 없다고
몇 알만 받고 돌려들 보내라고 하니
기어이 주어야 한다고 안 간단다.
궐문 앞에서 백성들이 소리쳐 하는 말
오늘 밤도 주무시고 내일 낮도 주무시고
내일 밤도 주무시고 모레 아침도 주무시고

주무시고 주무시고 주무시고 주무시고
그래야 태평성대라고 했다는데
이 말을 들은 공주 울어야 할지 웃어야 할지
그 뒤 공주는 잠을 잘 잤을까 여전히 잠 못 이룰까.
믿거나 말거나 아주 먼 나라의 오래된 이야기…….

2016. 8

공주와 지진

공주네 나라에서 지진이 났다. 그것도 매우 센 지진이란다.
하필 공주가 가장 사랑하는 천년 고도에서 났다고 한다.
공주는 자기네 나라 역사 중에서 천년 고도를 가장 사랑한다.
부왕과 공주가 모두 거기를 잘 가꾸려는 생각을 했다.
부왕은 천년 고도를 관광단지로 만들고는
왕궁터에 5성 호텔을 지으라고 지시까지 했었다
하지만 왕궁터를 제대로 파내지는 못했다.
아직 그러기에는 이르다는 유생들의 상소를 꺾지 못해서다.
무엇이든 당신 뜻대로만 하던 부왕이 이것만은 못 했다.
아니 못 하지 않고 안 한 것인지도 모른다.
부왕이야 평생 하는 왕이니 차차 해도 될 일이었을 게다.
하지만 임기가 있는 공주는 초조해진다.
임기 있는 왕이라니 정말 화딱지가 난다.
왕을 그만두어도 상왕이 되어 힘을 쓸 수 있어야 하는데 뭔가를 해야 한다는 생각이 공주 머릿속에 가득하다.
그래서 공주는 천년 고도에 손을 대었다.
마구 마구 파헤쳐라 그래서 새로운 도읍지처럼 만들어라.
거기에 부왕과 공주의 영원무궁한 역사를 새겨 놓아라.
아 그런데 그 고도에서 지진이 나다니.
지진이 났다는 말을 처음 들었을 때 공주는
돌려서 표현하는 것인 줄 알았다. 비유라나 뭐라나
사실 공주가 남의 말을 잘 안 듣기도 하고 못 알아듣기도 하지만
그래도 하도 들은 말이 많아서 그 정도는 안다.
엄청난 일이 생겼을 때 지진이 났다고 표현한다는 정도는.
그래서 또 무슨 커다란 사고라도 났나 했다.
사실 임금이 된 이래 공주는 수없이 많은 지진을 겪었다.
요즈음 들어서는 그 정도가 더욱 심하다.
실세 승지도 물러나야 한다고 유생들이 시끄럽게 하고
공주네 붕당의 정승 출신 세도가는 인사 청탁 아닌 압력으로 입길에 올랐는데
하지만 정작 공주가 걱정하는 지진은 따로 있었으니
거기까지는 아직 안 간 듯하여 조마조마하고 있던 판에
진짜 지진이란다 정말로 땅이 갈라지고 했단다.
지진이 나자마자 승지들이 공주더러 현장에 가 보시라고 했다.
공주가 싫다고 하자 승지들은 무서워서 그런 줄 알았나 보다.
하긴 지진이 나서 땅이 갈라지고 솟아오르고 한다니 무섭긴 무섭다.
허나 공주를 더 망설이게 하는 것은

남쪽 먼바다에 배가 빠졌을 때가 기억나서다.
공주 딴에는 큰맘 먹고 갔었는데
공주가 가서 슬픈 표정만 지어도 감지덕지일 줄 알았는데
아 이것들이 쇼한다는 둥 하면서 더 난리를 치는 거라.
이번에도 갔다가 그런 꼴 당하면 어떡하나.
게다가 공주 갔다 온 뒤 지진이 또 나면 어떡하나.
공주 땜시 그렇다고 할 터인데
그렇게 미루기를 일주일
또다시 큰 규모의 여진이 났다고 하여
공주 등 떠다 밀리듯이 지진 현장에 갔것다.
이 할머니 저 아줌마 나서서 공주 손 붙잡으며
살려 달라고 난리다 공주만 믿는다고
역시 이런 맛에 현장에 가는 것이다.
이 사람들 다 불러서 세워 놓은 것 공주도 모르는 바 아니다.

하지만 공주는 천생이 자기를 떠받들어 주면 좋아하는 체질
그럴 듯한 현장 방문을 끝내고 흐뭇한 맘으로 왕궁에 돌아왔는데
다음날 여진들이 또 나고 있단다.
무슨 학자들인지 모여서 더 커다란 지진이 날 수도 있다나.
내시와 시녀들이 텔레비전 채널을 요리조리 돌리지만
어디에서나 부실한 대응을 질타하는 소리뿐
우울하다. 이럴 때는 운동 한판 하고 땀을 흘려야지.
공주 옛날 같으면 할머니가 다 된 나이지만
여전히 군살 없는 몸매를 자랑하는 것은
물론 여러 가지 성형 수술 때문이지만
이렇게 우울해질 때 한판 뛰는 습관 때문이기도 하다.
이럴 때 뛰려고 1억 냥이 넘는 헬스 기구를 사들였던 것
트레이너를 당상관으로 채용하기까지 했는데
오늘처럼 우울한 때는 내시 시녀도 물린 채 혼자 뛰고는 했다.
몇 분쯤 뛰었을까 이상하게 러닝머신이 흔들린다.
게 아무도 없느냐 내시가 달려오고 궁녀가 달려왔다.
전하 무슨 일이시옵니까? 왜 땅이 흔들리냐 지진이 아니냐.
전하 그건 러닝머신을 너무 빠르게 하셔서 그런 것인즉
오늘은 쉬시는 것이 어떠하온지
하긴 요즘 격무에 시달리다 보니 좀 그런 것도 같다.
그렇다면 와인 한잔 하면서 쉬어 볼까.
거 뭐시냐 송로버섯이냐 뭐냐 하는 것 있느냐.
예, 전하 드시라고 주방 냉장고에 잘 쟁여 놓고 있사옵니다.
송로버섯, 전하의 내시라도 되겠다는 자가 붕당 대표가 되어

너무 기뻐서 샥스핀 등과 함께 오찬을 했던 요리
서쪽 어느 나라에서는 900그램에 1억 냥 넘은 적도 있고
지금도 500그램만 되어도 150만 냥이 넘는다는 것
이 맛은 아무도 모른다 이거 먹었다고 떠들어 쌓는 놈들 땜시
몰래 몰래 감춰 놓고 먹지만 그러니까 더 맛있다.
이걸 먹으며 공주는 흘러간 노래를 부른다 공주가 아주 좋아하는 노래

백성은 개 돼지 개 돼지 들이다
잘난 사람 잘난 대로 살고 못난 사람 못난 대로 산다
야야 야들아 내 말 좀 들어라 여기도 개 저기도 돼지 개 돼지 판이다

공주는 어느새 흥에 겨워 일어나 춤까지 춘다.
그러다가 술이 좀 과했나 가물가물해졌는데
갑자기 승지 하나가 달려 들어온다.
전하 큰일났사옵니다. 왕궁 금고 밑에서 지진이 나서
금고 문이 박살이 났사옵니다. 그래 어찌 됐느냐.
엽전 9억 냥이 고스란히 바닥에 와르르 와르르
조금 있다가 내시가 또 달려 들어온다.
전하 큰일났사옵니다. 의금부에 지진이 나서 바닥이 갈라져 가지고
의금부의 기밀 서류가 몽땅 바람에 날려 시가지에 흩어졌사옵니다.
전하가 부정 선거한 기록들이 그만 유생들 손아귀에.
전하 큰일났사옵니다. 하면서 궁녀가 달려 들어온다.

편전 앞뜰에 지진이 났사옵고, 의금부에도 지진이 나서

남쪽 먼바다 배가 침몰했을 때 무슨 일이 났는지가 밝혀지고 있사옵니다.

전하의 7시간도 고스란히 백성들이 알게 되었사옵니다.

공주 그야말로 혼비백산이 되었지만 여기까지야 뻔뻔으로 버티면 그만

이런 비상시국에 난무하는 비방과 확인되지 않은 폭로성 발언이라고 한 뒤

이것들을 의금부 포도청을 총동원해서 발본색원하라면 될 일이다.

그런데 거기서 끝나지 않고 진짜 큰 지진이 일어났것다.

걱정하고 걱정하던 지진이 드디어 난 것이다.

큰 지진의 소식답게 병든 소인지 소가 병든 건지 하는

포도청도 의금부도 손에 넣었다는 실세 승지가 달려와서

전하 퇴임 뒤에 상왕 노릇하시려고 만들려던 거시기가

거시기가? 거 뭐 용 거시기라고 하고, 공주나라 체육 거시기라고 하는
아아 그 거시기. 거부들 손목을 비틀어 800억 냥 넘게 모으고
다섯 시간 만에 거시기를 승인해 준 거시기가 있는데
그것의 비밀 문서가 지진 때문에 죄다 날아가 버려서
반대편 붕당 유생들 책상으로 날아갔다고 하는데
이제 공주 앉아 있을 수만은 없는 일
의금부대장, 포도대장 어디 갔느냐.
이럴 때 할배 할매들은 뭐하나 빨리 불러서 데모 좀 하라고 해라.
내시가 옆에서 바들바들 떨며 아뢰길, 전하 아뢰옵기 황송하오나
그게 저 의금부에서 돈을 주어서 했다고 반대편 붕당이 떠들고 신문들이 떠들어서
지금은 좀 부르기가 거시기 합니다요.
이런 거시기 거시기 거시기만 되뇔 거냐.
공주 흔들리는 소파에서 팔딱 팔딱 뛰다가 굴러 떨어져서 잠을 깼다는데
소파도 멀쩡하고 창밖의 반달도 고요히 떠 있는데
갈라지고 솟아오르는 것은 공주의 마음뿐
그 뒤 공주가 상왕이 되었는지 아니면 그야말로 거시기가 되었는지는
그 누구도 알 수 없는 아주 옛날 먼 나라의 이야기 믿거나 말거나…….

2016. 9

공주와 순살

공주는 어렸을 때부터 순살을 좋아했다.
골육상쟁인 것 같아 닭고기는 좋아하지 않았지만
순살만 있으면 앞뒤 안 가리고 덤벼들었다.
어렸을 때는 모후께서 직접 순살을 발라 주셨는데
닭고기 먹을 때마다 공주가 순살은요 라고 해서
한때 모후는 공주를 우리 순살은요 라고 부르기도 했었다.
그런데 요즘은 아예 순살만 있는 치킨이 있으니
공주 그것만 생각하면 입이 헤 벌어질 정도인데
순살과 관련해서는 공주에게 또 다른 사연이 있다.
부왕께서 공주보다 어린 여자와 술 마시며 놀다
의금부 대장의 칼에 맞아 돌아가신 뒤
공주는 궐 밖으로 내쳐지고는 칩거하게 되었것다.
쓸쓸하고 분통 터지는 심정이야 이루 말로 다하랴.
그러던 어느 날 한 여인이 찾아왔는데

공주가 잘 따르고 궁궐에 자주 드나들던 마법사의 딸인 거라.
양손에 닭고기를 들고 공주에게 내밀면서
제가 순살만 발라 왔습지요 공주님 좋아하신다는 걸 알고.
아니 이런 센스쟁이가 있나 공주 그만 감동하여
이것저것 가리지 않고 허겁지겁 먹기만 했는데
이름을 묻지 않은 것이 생각나서 이름을 물으니
제 이름은 공주님 좋아하시는 순살이라고 하옵니다.
순살 순살이라니 그런 이름도 있나.
호호호 그런 이름이 있겠습니까마는
공주마마 원하시면 그리 불러 주시옵소서.
그때부터 그 여인의 이름은 순살이 되었것다.
그럭저럭 세월이 흘러 공주가 마침내 여왕이 되던 날
공주 곁에는 그 순간을 함께한 순살이 있었는데
식탁 위에 순살이요 소파에 앉은 순살이라
순살의 첫마디가 폐하 감축드리옵니다.
정승 판서에 내시 궁녀까지 다들 전하라고 부르는데
순살만은 그 뒤로도 꼭 폐하라고 하는 거라.
이러니 공주가 순살을 안 좋아할 수가 있나.
공주는 순살을 매일 매일 보고 싶었고
순살은 새끼 마법사인 자기 남편하고 함께 궁궐을 쉴 새 없이 찾았다.
순살의 남편 역시 공주가 왕이 되게 한몫한 인간
공주는 순살이 원하는 거면 뭐든지 해 주고 싶었는데
순살과 남편 역시 공주가 보기에는 공주를 위해 불철주야 일하

는 듯
요즘은 왕이 잠행을 하는 것이 아니라
만인시하에 다녀야 하는 해괴한 상황인지라
공주는 아주 어린 시절을 빼면 궁궐에서만 살아서
시장통을 다니면 냄새가 나서 못 견딜 지경
자연히 억지로 다니는 시늉만 해야 하니
그렇지 않아도 모르는 세상 물정 더욱 모르는데
순살과 남편이 세상일을 요것조것 다 알려 주었고
공주는 이들 말만 곧이곧대로 들었것다.
하루는 초상화 두 장을 가지고 와서는
아주 나쁜 놈들이니 당장 모가지를 치시라고
누구냐고 물으니 예조 참찬들이란다.
무엇 때문에 그러냐고 하니 자기들 부부를 모욕하고
폐하를 능멸하는 큰 죄를 저질렀다는 것이다.
공주 자기를 능멸했다는 말에 벌떡 일어나서

어느 놈이 나를 능멸했다는 말이냐 라고 물으니
그건 직접적인 것이 아니고 자기들 부부를 욕하니
그게 그거 아니냐고 한다. 하긴 그렇기도 하다.
공주 그 길로 예조 판서를 불러서 이들을 나쁜 사람들이라고
모가지를 날리라고 하니 예조 판서가 어이없는 표정을 했는데
공주의 눈에는 그것이 들어올 리가 없었다.
순살의 딸 새끼 순살이 말을 좀 탔는데
말타기 대회에 나가서 준우승인가 했다는 거라.
그 때문에 심판들이 포도청에 끌려가 조사까지 받으니
예조가 그것에 대해 감사를 했다는 것
그 감사가 마음에 들지 않은 순살과 새끼 마법사
이 감사를 주도한 예조 참찬들을 찍은 것인데
이들이 찍고 공주가 그냥 믿으니 찍힌 사람만 죽어날 판
그렇게 설치고 다니던 순살과 새끼 마법사
꼬리가 길면 밟히는 법이라
드디어 국정 농담이라는 말과 함께
외부로 이들의 행실이 퍼져 나갔것다.
그러나 초점은 어디까지나 새끼 마법사와 십상시들
이때 나라가 발칵 뒤집혔지만 공주는 오로지 순살만 걱정
아침마다 내시와 승지를 보면
그런데 순살은요 라고 하는 말을 오랜만에 하기 시작했것다.
다행히 순살은 그냥 넘어가는 듯했는데
제 버릇 개 못 준다고 다시 문제를 일으키기 시작
한번은 승지 하나이 슬쩍 놓고 간 보고서에

이 나라 권력 서열 1위가 순살, 2위가 새끼 마법사,
3위가 새끼 순살 그리고 넷째가 공주라는 것이 아닌가.
공주의 진노가 궁궐을 들었다 놓을 지경이 되었것다.
이때는 이미 사람들 눈을 피해 궐을 드나들던 순살
개구멍으로 들어와서는 무릎을 꿇고
폐하 억울하옵니다 폐하와 저를 갈라 놓으려는 수작이옵니다.
달구똥 같은 눈물을 뚝뚝 흘리는데 공주 마음이 약해져서
이런 백성만 있으면 얼마나 좋을꼬 다 개 돼지 같으니
그러고는 순살에 대한 무한애정은 지속되었것다.
그러던 어느날 드디어 순살이 한 건을 했다.
공주의 상왕 프로젝트를 만들겠다며
재단인가 하는 것을 만들었는데
장안의 거부들 손목을 비틀어 무려 800억 냥을 모은 것
순살이 아무리 힘이 세도 거부들이 손목을 비틀리겠는가.
공주의 뜻에 따르는 호조 담당 승지가 한몫했다는데
공주가 만든 특별 감찰이 이 냄새를 맡았것다.
특별 감찰이 뭔가 한다는 이야기를 듣고는
공주 아침마다 승지 내시들에게 순살은요 라고 물었것다.
처음에는 순살보다 공주 동생 문제가 불거지고
병든 소인지 소가 병든 건지 아무튼 실세라는 승지 문제가 불거지더니
마침내 순살이 만들었다는 거시기 이야기가 화제가 되기 시작
그날부터 공주는 순살 때문에 노심초사 하루가 여삼추였는데
그러던 어느 날 대형 폭탄이 터지고 말았것다.

순살이 거시기 돈을 자기가 만든 회사를 통해 먼 나라로 빼돌렸다는 것
그리고 그 돈으로 화려한 호텔이란 것을 짓고
거기서 새끼 순살 말타는 것 보면서 즐기더라는데
공주 화가 나서 당장 순살을 들어오라고 했더니
역시 개구멍으로 들어온 순살 무릎을 꿇고
달구똥 같은 눈물을 뚝뚝 흘리면서
폐하 저는 오로지 폐하만을 위해 이리 했사옵니다.
바다 건너 가도 다 폐하의 것이온즉
폐하와 저를 갈라 놓으려는 음모에 속지 마시옵소서.
공주 그 말이 그럴 듯하여 고개를 끄덕였는데
내시가 달려 들어오면서 큰일났다고 한다.
무슨 일이냐? 궐 밖에 수없이 몰려 왔사옵니다.
아니 누가 수없이 왔다는 말이냐.
묻는 말에 답을 못 하고 바들바들 떠는 내시
공주가 궐 밖을 비치는 씨씨 티브이라냐 뭐라냐
그런 것을 들여다보니 이런 개 돼지 들이 아니더냐.
공주 눈에는 영락없는 개 돼지 들인데
그때 궁궐을 지키는 경호대장이 뛰어 들어오면서
전하 빨리 피하셔야겠사옵니다. 상황이 급하옵니다.
도대체 저것들이 왜 몰려들었단 말이냐.
자기들도 순살 맛 좀 보자고 달려들고 있사옵니다.
순살 맛이라 공주와 순살의 눈이 마주쳤것다.
별 수 없이 공주와 순살이 개 돼지 들을 피해

순살이 드나들던 개구멍으로 빠져 나갔는데
아 둘러싼 개 돼지 들을 보니 손에 손에 촛불을 들었구나.
뭐 저런 개 돼지 들이 다 있나.
개구멍을 빠져 나간 공주와 순살
순살이 미리 사 놓은 화려한 호텔이 있는 먼 나라로 갔다는 말도 있고
가다가 개 돼지 들을 만나서 곤욕을 치러서
순살이 그야말로 치킨의 순살이 되어 버렸다는 말도 있고
이 모두가 다 그냥 그랬으면 하는 야그라는 말도 있는데
믿거나 말거나 아주 먼 옛날 먼 나라의 이야기…….

2016. 10

공주는 외로워 외로워

공주는 외롭게 살아왔다 아주 짧은 기간만 빼고는.
무장이던 시절 부왕은 전국 각지를 돌아다녔다.
그때 모후는 부왕을 따라가지 않고 공주와 지냈는데
모후가 부왕을 따라가지 않은 까닭이
워낙 여자를 밝히는 부왕이 보기 싫어 그랬다는 말이 있다.
그야말로 믿거나 말거나이다.
아무튼 그래서 공주는 모후와 함께 지냈는데
그때가 외롭지 않게 보낸 유일한 때인 듯하다.
그런데 어느 날 왕이 된 부왕, 왕비가 된 모후
얼굴을 제대로 볼 수 없게 바삐 생활을 하고
공주는 늘 외로운 마음으로 지냈는데
어느 날 정말 꿈같이 마법사가 찾아왔다.
모후가 돌아가신 뒤에 공주가 마법사를 안 걸로
사람들은 알고 있는데 공주는 학창시절부터 마법사를 알았다.

마법사가 건네준 거울을 보며 공주는 외로움을 달랬다.
거울아 거울아 이 세상에서 누가 제일 예쁘니
그리 물으면 거울이 대답하는 것이었다.
그야 공주님이지요 공주님은 정말 완벽해요.
그래 외로우면 어떠랴 완벽하면 다지.
모후가 돌아가신 뒤 공주는 마법사를 더욱 찾았다.
어느 날 마법사가 공주에게 속삭였다.
공주마마는 여왕이 되실 것이옵니다.
다른 사람을 만나면 부정이 타니까
모두 다 끊고 소인의 말만 들으시옵소서.
공주 좀 꺼림칙했지만 그 말대로 하면서
더욱 거울 속의 세계만 들여다보았것다.
그러던 어느 날 공주보다 어린 여자와 술 마시다
부왕마저 의금부 대장 칼에 맞아 돌아가시고
궁궐 밖으로 내쳐진 공주, 마법사만 만나고
여동생 남동생도 다 멀리하며 살았는데
마법사가 죽은 뒤에는 마법사 딸과 그 남편
두 새끼 마법사가 공주 옆에 늘 있었다.
이렇게 살아왔어도 외롭지 않다고 믿으려 했던 공주
요즘은 정말 외로워서 견디기 어렵구나.
송로버섯에 와인 한잔 하다가 문득 순살이 그리워
순살이 뒹굴던 침대에 가서 만져도 보다가
거기 누구 없느냐 순살을 들라고 일러라.
궁녀와 내관이 따끈따끈한 순살을 준비해서 올렸다.

일단 순살을 허겁지겁 먹고 입가를 싹 닦은 공주
누가 이걸 들이랬냐 내 아바타 순살을 들라 했지.
공주가 아바타인지 순살이 아바타인지
아무튼 공주는 순살이 자기 아바타라 믿는 모양
아뢰옵기 황공하오나 하면서 바들바들 떠는 내관
순살마마는 감옥에 가 계시온즉 드실 수가 없나이다.
아차 그렇지 순살은 감옥에 가 있구나.
순살이 국정을 농담했다고 했지 맞다 그렇구나.
쓸쓸해진 공주 다시 송로버섯에 안주를 먹다 순살을 먹는데
어린 궁녀 하나이 묻지도 않는 말을 한다.
그런데 전하 요즘 이상한 말이 돌고 있사옵니다.
이 궁녀는 하도 뜬금없는 소리를 잘해서
내명부에서 쫓겨날 뻔도 했는데
공주가 심심풀이로 있으라고 붙잡아 두었던 터
글쎄 전하 감옥에 간 순살마마가 가짜라고 하는 말이 돌고 있사옵니다.
순살마마는 먼 나라에 가 있고 비슷한 아줌마를 대역으로 했다지요.
공주 그 소리를 듣고 역시 순살이다 하는 생각이 확 들었다.
하지만 그렇다면 큰일이다 그러면 순살을 좀처럼 볼 수 없다.
차라리 감옥에 있는 게 진짜라면 곧 만날 수도 있을 터인데.
그런데 전하께서 곧 순살마마를 만나신다지요.
내가 순살을 만난다고?
네 의금부 가셔서 만나신다네요.

온 우주의 기운이 모여서
전하가 그리 된다는 것이라네요
이런 괘씸한 것들이 있나
그래 내가 탄핵되면 도로를 피로 물들인다던
재판관 의금부 다 가만두지 않겠다던
수많은 친공파들은 어디 갔더냐.
이때 내시가 나서면서
전하 고정하시옵소서.
어린 것이 떠도는 말을 듣고 온 모양인즉
너무 괘념치 마시옵소서 옥체를 보존하시옵소서.
그래 내일 바로 삼수갑산 가더라도 옥체는 보존해야지.
그렇다면 문고리 잡고 있던 승지들은 어디 갔느냐.
내관이 다시 바들바들 떨다가 아뢰옵기 황공하다고 하고는
전하 다 집으로 보내시지 않았사옵니까.
그중 하나는 감옥에 가 있고
나머지 둘은 포도청에서도 행방을 못 찾는답니다.
그랬던가 그러면 병든 소인지 소가 병들었는지 하던 승지는?
그분도 집으로 보냈고 곧 감옥에 가야 한답니다.
하긴 그렇다 그러고서 짐이 잘못했노라 하고 사과까지 했는데도
개 돼지 같은 백성들이 난리를 치고 있는 지금이 아닌가.
그러면 지금 이 난국을 누구와 의논해야 하느냐?
내관은 속으로, 누가 시키는 대로 해야 하느냐겠지요.
이리 생각했지만 차마 그리 말할 수는 없는 일
전하 늙은 도승지를 몰래 다시 부르심이 어떠하올지.

오 그가 있었구나 왜 그 생각을 미처 못 했을꼬.
늙은 도승지를 당장 들어오라 일러라.
전하 지금은 개구멍까지도 파파라친지 뭔지의 감시가 심하온즉
소인이 중간에서 왔다 갔다 하오면서 연락을 하면.
공주 사실 늙은 도승지는 별로 대면하고 싶지 않았다.
왠지 속을 빤히 들여다보는 듯해서 무섭기도 하고
그래서 내관을 통해 연락을 주고받기로 했것다.
내관이 늙은 도승지에게서 가져온 말인즉
친공주파 실세들과 긴밀히 의논을 할 것이니
공주더러 심기를 굳건히 하시라고 하고
개 돼지 같은 백성들은 저러다가도 다 까먹을 테니
시간이 약임을 명심하라는 것이었다.
먼저 영의정부터 임명하되 반대편 붕당이었다가
지금은 그들과 거리가 있는 자를 찾고
도승지 역시 그런 사람 중에 골라서
마치 탕평책이라도 쓰는 것처럼 하고
한 번 더 사과 교지를 내리심이 좋을 듯한데
사과를 백번 하더라도 절대로 죄를 인정하지는 마시고
순살에게 모든 책임을 떠넘기시도록 하소서.
공주도 필요하다면 의금부 조사를 받을 수 있고
필요하다면을 꼭 강조하라고 했단다.
초야에 묻힌 율사들로 특별의금부를 만들더라도
받을 용의가 있다고 하시라는 것
그래봤자 공주가 임명하면 할 것인데

지까짓것들이 뭘 하겠냐는 것이었다.
공주 여기까지 듣고 흐뭇해져서 잠시 웃었것다.
그러면 그렇지 역시 늙은 도승지로다.
공주 이 말들을 듣고 실행에 옮겨서
영의정부터 바꿀 생각을 했는데
내관이 말하길 전하 아뢰옵기 황공하오나
황당안 영의정을 불러 말씀하시는 것이…….
왜 귀찮은 일이 많은지 모르겠다.
그냥 문자로 그만두라고 보내거라.
내관이 황당한 얼굴로 영의정 황당안에게 문자를 보냈것다.
이어서 영의정 임명하고 도승지 임명하고
사과 교지까지 만백성 보는 앞에서 한 공주
이 정도면 되겠지 하고 먼 나라 갈 계획이나 짜리라 했건만
이건 또 무언가 반대편 붕당들이 모두 반대하며

공주더러 당장 왕 자리에서 물러나란다.
어디 그뿐인가 백성들도 여기저기서
공주 물러나라고 난리가 아니다.
공주 다시 외로워지기 시작했다.
날씨가 갑자기 쌀쌀해진 저녁
달을 보며 순살을 그리워하고 있는데
갑자기 뜨락이 환해졌다.
아무도 없느냐 저게 도대체 무엇이냐.

내관 궁녀가 달려오고 근위병이 달려와서
전하 큰일 났사옵니다 어서 몸을 피하옵소서.
도대체 왜들 호들갑을 떨고 난리냐.
백성들이 육조 앞에 몰려 있다가 궁궐로 달려오는데
도저히 막을 수가 없어서 뜨락까지 들어왔사옵니다.
공주 이때다 싶어 문을 벌컥 열었것다.
전하 옥체를 보존하시옵소서 하는 말을 뒤로하고.
그런데 공주 눈에는 죄다 개 돼지 들이고
하는 소리라고는 멍멍 꿀꿀이것다.
희한한 건 저마다 촛불을 들었는데
뭐라고 떠드는데 한마디도 알아들을 수 없어
내관더러 통역이라도 해 보라고 했것다.
내관 바들바들 떨며 아뢰옵기 황공하오나만 연발할 뿐
아뢰옵기 황공하오나 아뢰옵기 황공하오나

도대체 언제까지 아뢰옵기 황공하오나만 할 거냐.
뭐라고 말하나 말하라지 않느냐.
전하 죽여 주시옵소서 전하더러 하야하라고.
뭐라고 나더러 하하 웃으라는 말이더냐.
그리고는 공주 깔깔대고 웃었것다.
다음 이야기는 사관이 차마 기록하지 못하고
여기저기 떠돌아다니는 이야기로만 남았는데
공주가 순살과 한 방에서 다정하게 순살을 먹었다고도 하고
순살과 한 방에 들어갔지만 순살은 못 먹었다고도 하고
순살과 아주 먼 곳에서 외로이 살았다고도 하는데
믿거나 말거나 아주 먼 옛날 먼 나라의 이야기.

2016. 11

공주와 도둑들

공주가 육조 앞 뜨락에 나온 건 어느 맑은 날 한낮
궁궐 뒷산과 그 밑의 대궐문을 바라보며 공주가 섰것다.
궁궐 뜨락에서 바라보던 북악산 이제는 멀리서
좀더 크게 바라보게 되었구나.
그 동안 지난 세월이 꿈만 같다.
꿈 많던 소녀 시절 그분을 만나
여왕이 될 거라며 쓰다듬어 주실 때
황홀한 마음에 그날이 오리라 여겼더니
이 뜨락에서 왕이 되어 즉위식을 하였건만
이 뜨락에서 개 돼지 들이 촛불 들고 난리를 치더니
드디어는 권좌에서 내려오고 의금부에 하옥되었더라.
화무십일홍이요 권불십년이라더니 이건 뭐 권불사년이구나.
앞에는 재판관들이 앉아 있고
왼쪽에는 포도청에서 깡패 잡던 율사가 검찰관이 되었다는데 오른쪽에 앉아 있는 변호사들은 서로 싸우기 바쁘구나.
네가 몸통이다 아니다 내가 깃털이다 한다던데
아 순살은 어디 있나 늙은 도승지는 어디로 갔나.
아 저기 순살도 있고 늙은 도승지도 있네.
문고리 잡고 있던 승지들도 보이고
소가 병들었는지 병든 소인지 하던 실세 승지도 보이네.
공주더러 권좌에서 내려오지 말라고
꺽꺽 울어 대며 내시라도 하겠다던 공주파 영수도 있고
촛불이 꺼진다고 해서 공주 맘을 흡족하게 한 인간도 있는데
모두 포승에 묶인 채로 공주에게는 눈길을 주지 않는구나.
공주는 이제부터 뭐라고 해야 하는지
불안과 공포가 엄습하여 어쩔 줄 모르고 있는데
재판관이 공주부터 하나하나 이름과 신상을 묻것다.
공주를 부르니 공주 대답하기를
과인의 이름은 공주고 주소는 대궐 안 편전이요.
그러자 대뜸 검찰관이 끼어들것다.
죄인은 이젠 왕이 아니니 과인이란 말을 쓰지 마시오.
재판관이 인정합니다 과인이란 말 쓰지 마세요.
아니 저런 쳐 죽일 놈들이 있나.
부글부글 끓지만 묶인 몸이 되었으니 어찌하리.
검찰관이 공주의 죄를 읊기 시작하것다.
공주의 죄는 도둑질한 죄 도둑질을 열거해 보면
첫째, 세금 도둑.
둘째, 국민연금 도둑.

셋째, 일자리 도둑.
넷째, 봉급 도둑.
다섯째, 쌀값 도둑.
여섯째, 중소기업 도둑.
일곱째, 대학 합격 도둑.
여덟째, 대학 학점 도둑.
아홉째, 열째 하고 가는데
더 이상 공주 귀에는 들리지도 않는구나.
장안의 거부들만 빼고는 백성이 죄다 도둑질을 당했으니
아니 장안의 거부들도 손 비틀리고 공갈 협박당해서
무서워 억만금씩 내었다니 이들도 피해자라
온 국민이 당한 셈이기는 한데
허나 장안의 거부들과는 짬짜미로 뭔가를 주었으니
이들 역시 공범이라
공범이 하나둘이 아닐 터
도둑질로 억만장자가 된 순살 일가야 말할 것도 없고
그들과 한통속이었다가 은근히 싸웠다가 하며
공주를 쥐락펴락한 늙은 도승지
이들을 도와준 육조의 벼슬아치들
공주 죄를 알고도 모른 척하고
그저 잘 돼간다고만 한 공주파 붕당 고관대작들
진짜 나쁜 도둑은 도둑 잡으라고 앉혀 놨더니
도둑질을 지켜 주는 개가 된 의금부 벼슬아치들

그들을 장악하고 조종한 병든 소 승지라는 놈
늙은 도승지와 함께 항간에서 법비라고 한다던데
이렇게 보니 단군 이래 최대 규모 떼도둑인 거라
검찰관이 열을 내어 이야기하는 동안
공주는 그저 멍하니 뒷산만 바라보았것다.
재판관이 검찰관의 공소 사실을 인정하느냐고 물었다.
공주 착 가라앉은 목소리로
오늘은 심정이 복잡하니 가까운 시일에 소상히 말씀드리지요.
검찰관이 버럭 소리를 지르며 죄인은 이제 그럴 권한이 없소.
재판관이 인정합니다. 인정하냐 안 하냐만 말하세요.
공주도 열이 받아 한마디했것다
나는 한 치의 사심도 없이 사익은 생각하지 않고
오직 나라를 위해서 공익을 위해서
그러자 검찰관이 말을 자르며
공익을 위한다며 순실 일가를 위해
소매 걷어붙이고 나서서 일감 만들어 주었단 말이요.
임금이 자기 좋은 사람에게 그 정도도 못 하나요.
검찰관이 됐다며 손을 젓더니 이상입니다 하고는 제자리에 앉는다.
다음으로 증인 채택을 한단다.
첫 번째 증인으로 나온 아줌마.
공주보다 나이는 어린 듯한데 아줌마는 확실하다.
하긴 공주도 순살의 관리가 없었으면 할머니로 보였을 나이이긴 한데
이 아줌마 공주를 쏘아보는데 공주 레이저보다 더 센 거라.

공주 어쩔 줄 몰라서 아 몰랑 하고 있는데
저년은 밥그릇 도둑만이 아니라 목숨 도둑 진실 도둑입니다.
저년이라니 저년이라니 공주 바들바들 떠는데
남쪽 먼바다에 배가 빠졌을 때 7시간 동안 어디 가서
생떼 같은 우리 자식들 눈앞에 보는 데서 수장시켰고
진실이 무언지 알려고 만든 특조위마저 방해한 저년
천벌을 받아 마땅할 것입니다.
아아 남쪽 먼바다에 배 빠진 일
이런 걸 두고 사람들은 트 무엇이라 하던데
아 맞다 트라우마 공주의 트라우마다.
하지만 니들이 그 맛을 알아. 7시간 뽕 간 맛을.
그건 송로버섯과도 바꿀 수 없는 것
공주 이럴 때 괜히 말해 봤자 손해만 본다는 것은 체득한 바
두 번째 증인이 나왔다. 백발이 성성한 노인네다.
어디서 봤는데 누구더라. 앗 부왕과 맞짱 뜨다 감옥에 갇혔던 인간.
저 늙은이가 아직 살아 있네.
이 노인네 왈 공주가 대를 이어서 도둑질을 했다는 것이 아닌가
낮에는 막걸리 마시고 밤에는 딸보다 어린 계집 끼고
먼바다 건너온 시바스 리가루 마시고
청렴한 척하지만 죽을 때 보니
궁궐 비밀금고에 9억 냥이나 현찰로 넣고 있던 인간.
그런 지 애비를 나라의 영웅 만든다고
역사책도 바꾸고 섬나라 오랑캐와 손을 잡고

오랑캐에 아부하던 매국노들 신분 세탁해 주는 역사 도둑 나라 도둑.

아아 이러려고 왕이 되었던가.

순살이 말대로 군대 동원해서 싹쓸이할 걸 그랬나.

그럴 때마다 정승 판서들이 지금은 그럴 때가 아니라고

지금은 백성이 주인인 척해야 하는 시대라고

그래서 참았더니 이제 이 꼴이 되었단 말이냐.

세 번째 증인이 나온다.

공주처럼 죄수복을 입었다.

어라 죄수가 증언을 하네.

알고 보니 공주가 잡아넣은 인간

일꾼들 모임에 영수라나.

맞다 그때부터 조짐이 좋지 않기는 했다.

그래서 복면도 금지하고 아라비아 테러법도 만들고 했는데

이 인간 하는 말이 지금까지 도둑보다 소매치기를 조심해야 한다나.

소매치기라. 무슨 말인지.

지금까지 싸워 온 백성들의 공을 소매치기하는 도둑놈들이 있단다.

이쯤 되면 공주의 아둔한 머리도 빨리 움직인다.

그리고는 육조 뜨락 주변에 둘러선 사람들을 재빨리 훑어본다.

공주네 붕당이지만 반대파이었던 인간들

반대 붕당인데 항상 공주와 거래하고 싶어 했던 인간들

먼 나라에 가서 한자리하고 임금 자리를 노리는 반장어

이들이 소매치기를 할 거란 말이지.
그렇다면 이들이 나를 풀어 줄 것인가.
아니 어쩌면 이들은 나를 희생양으로 삼을지도 모른다.
이런 짱구를 굴리고 있는데
어느덧 날이 어둑해지기 시작하자
뜨락에 모인 사람들이 촛불을 하나둘 드는구나.
공주 눈에는 아무리 봐도 개 돼지에 다름없는데
셋째 증인이 큰소리로 외치는 것이 아닌가.
앞으로는 이 땅에 임금이 없는 날이 와야 할 것입니다.
임금 없이 백성이 진짜 주인이 되는 사회
그러자 뜨락에 가득찬 개 돼지 들이 함성을 질렀다.
그리고는 공주는 모르는 노래를 부르는데

우리나라는 민주공화국이다
우리나라는 민주공화국이다
우리나라의 모든 권력은 백성으로부터 나온다

똑같은 소리로 외친다.
아니 이것들이 언제부터 이런 노래를 배웠단 말인가.
권력이 백성으로부터 나오다니
이거야말로 왕조를 부정하는 반란 아닌가.
재판관 검찰관 반란이 났소 당장 재판을 중지하시오.
재판관도 검찰관도 당황한 기색이 역력하지만
어느 누구도 공주 편을 들어주는 이는 없었다.

공주만 속상해서 발을 동동 구르고 있는데
그 뒤 공주는 어찌 되었을까.
멀리 법국의 단두대처럼 망나니가 춤을 췄다고도 하고
아직도 의금부 감옥에 들어가 앉아 있다고도 하고
너그러운 백성들이 이도인지 저도인지로 보내
부모님 추억이나 먹고 살라고 했다고도 하는데
아주 먼 옛날 먼 나라의 이야기 믿거나 말거나…….

2016. 11

함께 읽는 사건들

공주의 외출

산케이 신문 서울 지국장의 명예훼손 사건

세월호 참사가 일어나고 네 달 가까울 때쯤인 2014년 8월 3일에 일본 산케이 신문의 서울 지국장이던 가토 다쓰야가 세월호 참사 당일 7시간 동안 박근혜 당시 대통령의 행적이 묘연하다는 내용으로 〈박근혜 대통령 여객선 침몰 당일, 행방 불명…… 누구와 만났을까?〉라는 칼럼을 썼다. 여기에서 당시 풍문으로 떠돌던 이야기와 월간조선에 실렸던 이야기들을 종합하여, 박근혜 당시 대통령이 최순실의 남편인 정윤회와 7시간 동안 밀회를 한 것처럼 묘사하였다. 그 때문에 그는 명예훼손으로 고발된 뒤 기소되었고 출국 금지까지 되었다. 그러나 이듬해 12월 7일 명예훼손은 인정되지만 비방의 목적은 없었다는 이유로 무죄 판결을 받았다.

윤일병 폭행 치사 사건과 임병장 총기 난사 사건

세월호 참사가 일어나기 열흘쯤 전인 2014년 4월 7일에 군부대에서 선임병 여러 명이 한 명을 무려 한 달 이상 집단 구타하여 사망에 이르게 하는 사건이 발생하였다. 하지만 이 사건은 정부의 통제 때문에 일반에 알려지지 않았었다. 이 사건이 발생하고 두 달여 뒤인 6월 21일에 제대를 앞둔 임모 병장이 총기를 난사하여 동료 병사 네 명을 숨지게 하고 탈영하였다가 자살 기도를 한 상태에서 체포된 사건이 발생하였다. 그리고 나서 한 달쯤 뒤에 앞서 말한 집단 구타로 사망에 이르게 한 사건이 군인권센터의 전말 공개로 세상에 알려지게 되었다. 먼저 일어난 구타 사건의 피해자가 윤일병이라서 보통 윤일병 폭행 치사 사건이라고 불렸다. 이 두 사건은 그렇지 않아도 세월호 참사로 위기 관리 능력에 의구심을 갖게 하던 박근혜 정부가 국민으로부터 더욱 불신을 받게 되는 계기가 되었다.

교황의 방한과 세월호 유가족에 대한 적극적인 애도

프란치스코 교황이 세월호 참사가 있던 해인 2014년 8월에 한국을 방문했다. 교황은 세월호 추모를 상징하는(혹은 귀환을 상징하는) 노란 리본을 유족에게 받아서 달고 미사를 집전했다. 어떤 사람이 '중립을 지켜야 하니 그것을 떼는 것이 좋지 않겠냐.'고 말하자 그는 '인간적 고통 앞에서 중립을 지킬 수는 없다.'고 말했다고 한다. 광화문 광장에서 열린 시복식 미사에서 교황은 차를 세운 뒤 내려 유가족들의 손을 잡고 말을 들어 주었으며, 세월호 특별법 제정을 위해 34일째 단식 중인 유민 아빠 김영오 씨의 편지를 받아 주머니에 넣었다. 또한 길이 130센티미터, 무게 15킬로그

램의 십자가를 지고 안산에서 진도, 다시 진도에서 대전까지 900 킬로미터를 걸어온 단원고 희생자 김웅기 군의 아버지 김학일 씨와 이승현 군의 아버지 이호진 씨를 만나 그들이 건넨 십자가를 받아서 바티칸으로 가지고 가겠다고 했다.

〈서동요〉

신라 진평왕 때 나중에 백제 무왕이 된 서동이 지었다는 향가이다. 서동이 이웃나라 신라의 선화공주를 연모하여 자기 아내로 맞이하려는 뜻을 품고, 신라로 가서 마 장수를 하며 이 노래를 아이들에게 퍼뜨리게 하여 마침내 궁에서 쫓겨나게 한 뒤 아내로 맞이했다는 설화를 배경으로 하는 노래이다. 전문은 다음과 같다.

> 선화공주니믄
> ᄂᆞᆷ 그ᅀᅳ지 얼어 두고
> 맛둥바ᄋᆞᆯ
> 바ᄆᆡ 몰 안고 가다.
> [선화공주님은
> 남 몰래 정을 통해 두고
> 맛둥(서동) 도련님을
> 밤에 몰래 안고 간다.]

공주의 분노

세월호 유가족의 청와대 앞 농성

2014년 8월 22일부터 세월호 유가족들이 청와대 앞에 있는 청운동 효자동 주민센터 앞에서 대통령 면담을 요구하며 농성에 돌입했다. 그러나 76일의 농성 기간 동안 박근혜 당시 대통령은 유가족들에게 눈길 한 번 주지 않았다. 경찰은 1인 시위를 하러 분수대로 가겠다는 유가족들을 못 가게 막았다. 하루에도 중국인 관광객 6천여 명이 들어가는 청와대에 세월호 유가족은 오히려 못 들어갔다. 민원실에 면담 신청한 것만도 20회가 넘었다. 하지만 청운동 효자동 인근 주민들뿐 아니라 전국 각지의 국민들이 먹을거리를 비롯한 지원 물품을 들고 찾아와 주었다. 그러자 경찰은 차벽으로 농성하는 유가족들을 둘러싸서 주민들과 접촉하는 것을 막았다. 농성하는 유가족들을 고립시킨 것이다. 청운동 효자동 주민센터의 CCTV가 농성하는 유가족들을 향해 있었다. 알고 보니 경호실이 운영하는 것이었다. 유가족들은 76일 만에 농성을 정리하면서 더 이상 대통령에게 눈물을 닦아 달라고 애걸하는 일은 없을 것이라는 말을 남겼다. 그리고 2년이 더 지난 2016년 12월 박근혜 전 대통령이 탄핵되고 나서 유가족들은 청운동 효자동 주민센터 앞까지 촛불 시위 대열의 선두에 서서 행진을 했다.

설훈 의원의 '대통령 연애' 발언

2014년 9월 12일 설훈 새정치연합 소속 국회 교육문화체육관광위원장이 세월호 참사 당일 박근혜 당시 대통령의 7시간 행적에 대해 '대통령이 연애했다는 말 거짓이라 생각한다.'라는 발언을 하여 여당의 거센 항의를 받았다. 이 발언은 당시 풍문으로 떠돌던 박근혜 당시 대통령의 7시간 행적에 대해 오히려 그것은 거짓이라고 말한 것인데, 여당에서는 '연애'라는 말 자체를 꺼내는 것이 신성 모독인 것처럼 난리를 치고 징계위에 회부까지 하였다. 당시에 이 풍문이 상당히 강력하게 퍼져 나가고 있었음을 보여주는 것이다. 그리고 앞에서도 보았듯이 산케이 신문 서울 지국장의 칼럼으로 그것은 더욱 확산되고 있는 상황이었다. 어찌 됐든 박근혜 전 대통령이 탄핵되고 구속되어서 재판을 받고 있는 현재까지 이 7시간은 속시원하게 밝혀지지 않고 있다.

노무현 풍자극 '환생경제'

2004년 8월에 전남 곡성에서 당시 한나라당 의원 24명이 극단 '여의도'를 구성한 뒤 창단공연을 하였는데 그 극이 바로 노무현 당시 대통령을 풍자한 '환생경제'라는 것이다. 대통령을 풍자할 수 있는 것이지만, 이 연극은 과도한 욕설 때문에 문제가 되었다. 예를 들어 노무현 당시 대통령을 가리키는 것이 분명해 보이는 극중 인물 노가리를 향해 "육실할 놈", "개잡놈", "사나이로 태어났으면

불알값을 해야지", "죽일 놈", "거시기 달고 다닐 자격도 없는 놈" 등의 욕설을 한다. 그런데 당시 한나라당 대표였던 박근혜 전 대통령이 이것을 보면서 박장대소했다는 언론 보도가 있었다. 반면에 이 연극이 공연되었다는 보고를 들은 노무현 당시 대통령은 오히려 국민들의 기분이 풀린다면 조롱을 받아도 괜찮다고 대수롭지 않게 넘겼다고 한다.

공주의 눈물

박근혜의 눈물(1) – 악어의 눈물

박근혜 전 대통령은 필요할 때 눈물을 흘려서 사람들의 마음을 움직이는 감성의 정치를 하기로 유명하다. 2004년 3월 30일 총선을 앞둔 정당 연설에서 당시 한나라당 대표였던 박근혜 전 대통령은 돌아가신 아버지 박정희 전 대통령을 떠올리며 눈물을 흘렸다. 60년대에 지방 순시를 다녀오신 아버지가 얼굴에 온통 버짐투성이이고 빡빡 깎은 머리마다 기계충이 옮아 있는 아이들을 보고서 식사를 드시지 못했다고 하면서 눈물을 흘린 것이다. 이런 공적인 연설에서 눈물을 흘린 것을 보지 못한 시청자들은 당혹할 수밖에 없었고 화제가 되었다. 지지층들이나 그 당시에 대한 향수를 갖고 있던 사람들에게는 감성으로 다가가는 강력한 선거운동의 효과를 발휘했다. 하지만 그에 대한 반감도 적지 않았다. 박정희 전 대통령의 재임 시기에 억울하게 죽임을 당하고, 감옥에 끌려간 사람이 얼마나 많은데 그런 식으로 눈물을 보여서 본질을 호도하냐는 것이었다. 그런데 박근혜 전 대통령은 총선에서 패배한 뒤 2005년 12월 사학법 개정을 이끌면서 반대하거나 주저하는 당시 한나라당 의원들을 향해 의원 총회에서 부모님 이야기를 하며 눈물을 흘려서 더 이상 반론을 펴지 못하게 했다.

박근혜의 눈물(2) – 닭의 눈물

박근혜 전 대통령의 눈물로 유명한 것은 세월호 참사가 일어난 뒤 한 달여 뒤에 국민 담화를 할 때 흘린 눈물이다. 2014년 5월 19일 약 25분간 세월호 참사에 대한 대국민 담화를 발표하였다. 그리고 나서 기자들의 질문을 일절 받지 않고 오후에는 아랍에미레이트 방문을 위해 해외로 떠났다. 앞에서도 봤지만 박근혜 대통령은 말로는 자기 책임이라고 하고, 언제든지 문을 열어 놓겠다고 했지만 면담을 요구하는 유가족을 철저히 외면하고, 해외 순방을 떠나는 모습을 보면 위선적인 것은 둘째치고 자신이 울었다는 사실 자체를 기억하고나 있는지 의문이 들 지경이다.

박근혜의 눈물(3) – 카더라 눈물

박근혜 전 대통령이 탄핵을 당한 뒤 또 눈물 이야기가 나오고 있다. 하지만 이번에는 직접 눈물 흘리는 것을 보인 것이 아니라 눈물을 흘렸다 카더라 라는 이야기를 변호사 등이 흘리는 식이다. 탄핵당한 뒤 새로 임명된 비서실장 앞에서 펑펑 울었다고 하고, 청와대를 떠나는 차 안에서 울었다고도 한다. 또 구속된 뒤 구치소에서 울었다고 하는데 구치소 측에서는 아니라고 한다. 그야말로 울었다 카더라이다. 이렇게 해서 감성을 자극하여 동정론을 펴 보려고 하는데, 그 동안 너무 많이 썼던 탓인지 대다수 국민에게는 별다른 감흥이 없는 듯하다.

공주와 낙하산

박근혜 정부의 낙하산 인사(1) – 김성주 대한적십자사 총재

박근혜 정부의 낙하산 인사는 열거할 수 없을 정도로 많지만, 세월호 참사가 일어난 해인 2014년에 단행된 세 사람을 살펴보자. 여성 CEO로 활동하던 김성주 회장이 2012년 대선에서 새누리당의 공동선대위원장으로 전격 영입되었다. 그리고 나서 2014년 9월 대한적십자사 총재로 취임했는데 낙하산 인사라는 비판이 많이 쏟아졌다. 우선 적십자사 업무와 아무 상관없는 기업인 출신이라는 점, 적십자회비를 5년간 납부하지 않고도 적십자사 최고 자리에 앉았다는 점이다. 그래서 선거 기간 동안 막말을 하면서 박근혜 당시 대통령의 당선에 기여한 공에 대한 보은 인사라는 말이 나왔다. 대한적십자사는 조직법 개정에 따라 2017년 6월 3일부터 총재를 회장으로 바꿨는데 김성주 회장은 새 정부가 들어서면서 임기 3개월을 앞두고 사의를 표명하였다고 한다.

박근혜 정부의 낙하산 인사(2) – 곽성문 한국방송광고진흥공사 사장

세월호 참사가 일어난 2014년에 또 하나의 보은성 낙하산 인사로 의심받는 일이 있었으니 바로 곽성문 전 의원이 한국방송광고진흥공사 사장에 임명된 일이었다.

그는 대구 출생으로 서울대학교 졸업 후 MBC에 기자로 입사하였다. 이때, 운동권 대학 동기들을 배신하고 중앙정보부 프락치로 활동하면서 입사하였다는 논란이 있었다.

2004년 제17대 국회의원 선거에서 한나라당 후보로 대구광역시 중구-남구 선거구에 출마하여 당선되었다. 2007년 제17대 대통령 선거를 앞두고 치러진 한나라당 대통령 후보 경선 전당대회에서 박근혜를 지지하며 친박계에 속하였다.

2008년 제18대 국회의원 선거에서 친이계에 의한 공천 학살로 한나라당의 공천을 받지 못하자 한나라당을 탈당하여 자유선진당에 입당하여 자유선진당 사무총장에 임명되었다. 그때 총선에서 자유선진당 후보로 같은 선거구에 출마하였으나 한나라당 배영식 후보에 밀려 낙선하였다.

그런 그가 한국방송광고진흥공사 사장에 임명된 것이다. 한 달 뒤 국정감사에서 자기소개서 내용이 알려졌는데, 광고진흥공사 사장으로서의 자기 능력을 밝히기보다는 '박근혜 정부의 성공을 위한 작은 노력' '박근혜 대통령 만들기에 앞장섰다' 등을 말하여서 친박이라는 점을 강조하였다고 한다. 또한 국감장에서 "한국방송광고진흥공사에 누가 지원하라고 했나?"라는 질문을 받자 "친하게 상의하는, 분류하자면 친박 의원님들과 상의했다."고 말할 정도로 노골적인 보은 인사라는 점을 스스로 드러낼 정도였다.

박근혜 정부의 낙하산 인사(3) – 박완수 인천공항공사 사장

세월호 참사가 일어난 2014년의 대표적인 보은성 낙하산 인사로 박완수 인천공항공사 사장 임명을 들 수 있다. 이 사람은 공항공사 사장이 될 아무런 경력을 갖고 있지 않다. 민선 창원 시장 출신으로 경상남도 농정, 경제통상 국장과 진해 부시장 등의 경력을 갖고 있을 뿐이다. 그런데 그가 어떻게 인천공항공사 사장에 임명되었을까?

그해 3월경 6.4 지방선거를 앞두고 당시 정창수 인천공항공사 사장이 강원도 지사 출마를 위해 물러나자 새로운 사장을 공모한다. 1차 공모에서 임원 추천위원회와는 정치인 관료 출신 배제 원칙을 정하고 정부 측과 합의했다. 세월호 참사가 일어난 지 얼마 안 된 때라서 낙하산 임명을 배격하자는 사회적 공감대가 형성되었기 때문이었다.

그런데 1차 공모에서 적합한 인물을 찾지 못하자 갑자기 2차 공모에서 국토교통부가 공항과는 전혀 관련이 없고, 관료 출신이면서 정치인인 박완수 전 시장을 청와대에 임명 제청하였다. 그가 인천공항공사 사장에 임명된 것은, 6.4지방선거에서 친박계의 지원을 받아 경남도지사 경선에 출마했다가 홍준표 당시 후보에게 패해 낙선한 것에 대한 보은성 인사라는 말이 돌았다.

이에 따라 '평화와 참여로 가는 인천연대' 등 인천의 시민 단체는 임명 내정을 철회할 것을 강력히 요구하였다. 그는 임기 내에 사퇴하고 총선에 출마하여 창원시에서 새누리당으로 출마하여 당선되었다. 현재는 자유한국당 소속이다.

공주와 농담

십상시 문건

2014년 11월 28일 세계일보가 놀랄 만한 보도를 했다. 최순실의 남편인 정윤회가 문고리 3인방으로 불리던 박근혜 당시 대통령의 최측근을 비롯한 10명과 서울 강남 모식당에서 정기적으로 만나 '김기춘 비서실장 교체설' 등을 퍼뜨리도록 유도했다는 내용이었다.

세계일보의 보도는 청와대에서 작성된 문건을 인용한 것이었다. 이른바 십상시 문건이었다. 십상시란 중국 후한 때 어린 황제인 영제를 허수아비로 세운 채 국정을 농단했던 10명의 환관을 말한다. 결국 박근혜 전 대통령 주변에 10명으로 구성된 비밀 모임이 있고, 이들이 국정을 비선으로 좌지우지한다는 이야기를 말하고자 한 것이다.

이 문건에 대한 수사가 시작되었는데, 두 가지 측면에서 시작되었다. 하나는 문건의 내용에 대한 진위 여부이고, 또 하나는 이 문건이 어떻게 유출되었나 하는 것이었다. 그런 의미에서 이 사건은 두 가지 이름으로 불릴 수 있다. 하나는 '정윤회 국정농단 의혹 사건'이고, 다른 하나는 '청와대 문건 불법유출사건'이다.

전자에 관해서 검찰은 그런 사실 자체가 없다는 것으로 서둘러 결론을 내려 버렸다. 이 과정에서 당시 민정비서관이던 우병우가 검찰에 압력을 넣었다는 설이 지금까지도 지속되고 있다.

검찰은 오히려 이 문건의 유출에 대해서 강력한 조사를 실시하였다. 그리하여 조응천 비서관의 지시로 박관천 경정이 작성한 것을 한모, 최모 경위가 유출한 것으로 결론 내렸다. 그런데 대통령기록물법 위반과 공무상 기밀 누설죄 등에 대해 조응천 비서관은 무죄를 받았고, 박관천 경정도 다른 사건과 병합되어서 유죄를 선고받았으나 이 부분은 사실상 무죄가 되었다. 다만 안타까운 것은 최모 경위가 이 과정에서 유출시킨 인물로 지목되어 압박을 받은 뒤 스스로 목숨을 끊었다.

박관천 경정은 검찰에서 조사를 받으면서 이 나라의 권력 서열 1위는 최순실이라고 했다고 한다. 국정 농단 사태가 드러난 이후 이 문건의 내용은 거의 다 사실로 밝혀졌다. 새 정부는 이 문건과 조사 과정에 대해 다시 조사하겠다는 의지를 밝혔다. 이제부터 이 사건은 '청와대 문건 불법유출 사건'이 아니라 '정윤회 등의 국정 농단 의혹 사건'이 되는 것이다.

조현아 땅콩 사건

2014년 12월 5일 대한항공의 부사장이면서 오너의 장녀인 조현아가 이륙 준비 중이던 기내에서 땅콩 제공 서비스를 문제 삼아 비행기를 되돌리고 승무원을 내리게 한 사건이 있었다.

이 사건은 재벌이 관련된 사건들이 대부분 그러하듯 외부에 알려지지 않게 철저히 통제되면서 무마되는 듯하였다. 그러나 12월 8일 언론을 통해 공개되면서 재벌가의 갑질 논란을 불러일으켰다.

하지만 대한항공은 조 전 부사장을 옹호하면서 오히려 승무원에게 책임을 떠넘기려 했다. 그러나 대한항공의 증거 인멸 시도 등이 알려지면서 여론은 더욱 악화되었고, 참여연대가 조 전 부사장을 항공법 및 항공보안법 위반으로 고발하면서, 국토교통부와 검찰의 조사가 시작되었고, 결국 재판에 넘겨진 조현아 전 부사장은 실형을 선고받았다.

재벌가의 갑질로 국민들의 공분을 샀던 이 사건은 지탄을 받아 마땅한 사건이었지만, 한편으로는 당시 세월호 참사와 정윤회 문건 등으로 궁지에 몰린 박근혜 정부가 국민의 관심을 딴 곳으로 돌리고자 의도적으로 키웠다는 의구심도 받았다.

문화체육관광부의 '나쁜 사람들'

2013년 8월 문화체육관광부(문체부)의 국장과 과장이 갑자기 경질된다. 그리고 사실상 좌천이라고 할 수 있는 곳으로 발령되었다. 일반인들에게는 물론 잘 알려진 일은 아니었지만 문체부 주변에서는 상당히 충격적으로 받아들여진 갑작스러운 인사였다고 한다. 이에 대해 류진룡 당시 문체부 장관이 "박근혜 대통령이 두 사람을 집어서 '나쁜 사람이라더라.'라고 하면서 경질할 것을 지시했다."고 말하면서 그 이유가 사람들의 궁금증을 자아내게 되었다.

이들이 좌천된 것은 최순실과 관련 있는 것으로 알려졌다. 그해 8월 26일부터 같은 해 12월 24일까지 문체부가 대한체육회 산하 2,099개 전국 및 시도 경기단체에 대한 특별감사에 들어갔다. 동시에 문체부는 검찰, 경찰과 함께 스포츠 4대악이라고 하는 승부 조작, 폭력, 입시비리, 조직 사유화를 척결한다면서 합동수사본부도 만들어 수사까지 벌였다.

이렇게 감사가 시작된 것은 그해 7월 23일 박근혜 당시 대통령이 국무회의에서 체육계 비리를 바로잡아야 한다고 지시했기 때문이었다. 그런데 사람들이 의아하게 생각한 것은, 체육계의 많은 단체 중에 별로 비중 있게 취급되지 않는 승마단체에 대해서 우선 감사를 했다는 사실이었다. 왜 그랬을까?

그해 4월 최순실의 딸 정유라가 경북 상주에서 개최된 춘계 승마대회에서 준우승하였다. 그런데 최순실과 정유라가 심판과 관련해 민원을 제기하였다. 우승해야 되는데 왜 준우승이냐는 것이었다. 이 건에 대해 감사한 두 사람은 '승마협회 내부의 최순실 씨와 관련된 파벌싸움이므로 정리해야 한다.'는 결론을 내렸다. 그러자 박근혜 당시 대통령이 이들을 거명하면서 경질할 것을 지시한 것이었다.

이후 두 사람 중 한 사람인 노태강 국장은 국립중앙박물관으로 옮겨 일을 계속했다. 2016년 5월 '프랑스 장식 미술전'에 특정 패션업체의 제품이 전시되는 등 상업성이 크다는 이유로 반대하자 프랑스 측에서 전시회를 취소하고 그 결과 사직했다. 그런데 사실은 그 이유보다는 박근혜 당시 대통령이 그가 관련된 것을 보고받고는 '아직도 공무원을 하냐'고 하면서 사직시킬 것을 종용했다고 한다. 박근혜 전 대통령이 파면 구속되고, 대선을 통해 새 정부가 들어서자 노태강 국장은 문체부 차관에 임명되었다. 사필귀정이라고 할까?

공주와 쌈짓돈

청와대 금고 속의 9억 원

박정희 전 대통령 하면 양주보다 막걸리를 좋아했고, 농민들과 어울려 막걸리를 마시던 소박하고 청렴한 대통령이었다고 생각하는 사람들이 아직도 많다.

그런데 그가 시해되던 날 비서실 금고에는 9억이 들어 있었다고 한다. 그 중 6억을 유자녀 생계비 명목으로 박근혜 전 대통령이 받았다고 한다.

이 사실은 김영삼 정부 시절 언론을 통해 부분적으로 나오다 2007년 당시 한나라당 대통령 경선 때 이명박 후보 측에 의해 전면 공개되고, 박근혜 당시 후보는 그 사실을 시인했다. 이어서 2012년 대선 후보 TV토론에서 통합진보당 이정희 후보가 이 사실을 밝히며 추궁하자 박근혜 당시 후보는 사실을 시인하면서 자기는 가족도 없으니 곧 국가에 헌납하겠다고 약속하였다. 1979년 당시 6억 원이면 화폐 가치로 따질 때 대치동에 있는 은마아파트 30채를 살 수 있는 돈이다. 더욱이 비서실 금고 말고도 집무실 금고가 있었다고 하니 이런 돈이 어디서 났는지 그리고 어디로 갔는지는 계속 의문이 남을 수밖에 없다.

박근혜 전 대통령은 이런 어마어마한 돈을 갖고도 대통령에 당선되고 탄핵될 때까지 그 돈의 출처 및 사용처를 진혀 밝히지 않고 있다.

담뱃값 인상

세월호 참사가 일어난 이듬해인 2015년에 박근혜 정부는 담뱃값을 평균 2,000원 올렸다. 명분은 국민 건강을 위해 흡연율을 줄이기 위해서라고 하였다. 담뱃값을 인상할 당시부터 찬반 양론이 거셌고, 세금을 더 걷기 위한 꼼수라고 하는 비판까지 적지 않게 있었다.

결과를 보면 당시 많은 사람들의 의구심이 현실로 나타났다. 한국납세자연맹에 따르면 2016년에 판매된 담배는 36억 6천만 갑으로 담뱃값 인상 전인 2014년보다 15.9% 줄었다. 2014년 판매된 담배는 43억 5천만 갑이었다. 이는 정부가 담뱃값을 인상하며 전망한 담배 판매량 감소율 34.0%의 절반 수준이다.

반면에 2016년에 담배 세수는 2년 전 5조 3,856억 원보다 무려 77.0%가 늘어난 12조 3,761억 원이 걷혔다. 정부는 담뱃값 인상으로 매년 2조 7,800억 원의 세금이 더 걷힐 것이라고 내다봤지만, 실제로는 2016년 한 해만 배 가까운 추가 세수가 발생했다.

결국 서민들의 주머니에서 세금을 걷어서 복지 재정을 충당하는 꼼수를 부린 것이다. 물론 그 돈이 다 복지 재정에 쓰였는지도 따져 봐야 할 일이다.

청와대 행정관의 여당 대표 비난

앞에서 보았던 '십상시 문건' 사건은 검찰의 봐주기식 수사로 유야무야되는 듯했다. 그러나 정부 여당이 주장하듯 단순히 찌라시가 아니라, 당시 청와대의 권력 구조가 그러했다는 것이 해를 넘기면서 또 한 번 적나라하게 드러났다.

2015년 1월 12일 '청와대 문건 파동 배후는 K, Y. 내가 꼭 밝힌다. 두고 봐라. 곧 발표가 있을 것'이라는 내용의 메모가 기자들한테 찍혀 언론에 보도되었다. 이 메모는 김무성 당시 새누리당 대표가 수첩에 적은 것이었다. 여기서 말하는 청와대 문건은 '십상시 문건'을 말하는 것이고, K는 본인, Y는 유승민 전 원내대표를 말하는 것이었다. 김무성 당시 대표가 이 수첩을 일부러 찍히도록 했다는 분석도 있었으나 본인은 완강하게 부인했다.

이 메모가 보도되면서 이것과 관련된 사건이 드러나기 시작했다. 바로 전 해인 2014년 연말인 12월 18일에 당시 청와대 행정관인 음종환이 이런 발언을 했다는 것이었다. 이것을 이준석 새누리당 전 혁신위원장이 듣고 김무성 당시 대표에게 전한 것이었다. 음종환 당시 행정관은 '십상시 문건'에서 십상시 중 한 명으로 거론된 사람이고, 문고리 3인방이라고 일컬어지고 현재 구속 재판 중인 정호성 비서관과 막역한 사이였다고 한다.

결국 청와대 행정관이 여당 대표를 이렇게 직접 거론하면서 비난할 정도로 당시 청와대 기강이 해이해졌다는 여론이 들끓자 음 전 행정관은 바로 사표를 제출했고, 즉시 수리된 뒤 면직 처리되었다.

공주의 코걸이

세월호 참사 1주기와 분향소 폐쇄

2015년 4월 16일. 세월호 참사가 일어난 지 1년이 되었다. 온 국민이 애도하는 가운데 박근혜 당시 대통령은 해외 순방 일정을 세워 놓고 있었다. 4월 16일부터 4월 27일까지 콜롬비아, 페루, 칠레, 브라질 4국을 순방한다는 것이었다. 하필 세월호 1주기인 4월 16일에 해외 순방을 떠나는 것은 무엇 때문일까? 아직 미수습자도 많이 있는 상황에서 여야가 함께 세월호 선체의 온전한 인양을 촉구하는 결의안을 통과시킬 정도로 당시는 세월호 참사에 대한 애도가 전국민 속에 공감대를 형성하던 시기였다. 물론 이 결의안에 대해서도 반대표를 던진 김진태 의원 같은 사람도 있었지만 사회 전반적인 분위기는 하루 속히 세월호의 온전한 인양을 통해 조속한 해결을 바라던 때였다. 그러므로 박근혜 당시 대통령의 해외 순방은 곱지 않은 시선을 받을 수밖에 없었다.

박근혜 대통령은 그래도 조금 흉내는 내야겠다고 생각했는지 출국에 앞서 진도 팽목항에 있는 분향소에 들르는 일정을 마련하였다. 이에 대해 세월호 유가족들은 분향소를 폐쇄해 버리고 어디론가 가 버렸다. 청와대 앞까지 가서 농성을 해도 눈길조차 주지 않던 대통령에게 더 이상 들러리는 서고 싶지 않다는 의지의 표시였다.

아무리 그렇다고 해도 대통령이 거기까지 가는데 그렇게까지 할 것 있냐고 하는 사람들도 없지는 않았다. 하지만 대다수의 여론은 하필 1주기인 날에 순방 일정을 잡고, 쇼를 하듯이 한번 둘러보고 가는 것은 해도 해도 너무하는 것 아니냐는 것이었다. 더욱이 당시에는 뒤에서 보겠지만 성완종 리스트 때문에 대통령을 대신할 국무총리가 사실상 식물 총리가 되어 있는 상황이었다.

이 사건은 박근혜 정부가 국민들의 아픔을 어떻게 생각하고 어떤 대응을 해 왔는지를 적나라하게 보여주는 사건이었다.

성완종 리스트

세월호 참사가 일어난 지 거의 1년이 되는 2015년 4월 9일. 북한산에서 경남기업 성완종 회장이 자살한 시체로 발견되었다. 그는 죽으면서 메모를 남겨 두었는데 홍준표 당시 경남지사를 제외하면 김기춘, 허태열 전 청와대 비서실장, 이완구 당시 총리, 홍문종 새누리당 의원, 서병수 부산시장, 유정복 인천시장 등 친박 인사들의 명단이 적혀 있고, 돈의 액수가 적혀 있었다.

이 메모는 경찰이 수거해 간 뒤 발표하지 않았는데, 성완종 회장은 작심한 듯 목숨을 끊기 직전 50분 동안 경향신문에 제보를 했고, 경향신문에서 이 내용을 공개했다. 그것도 조금씩 조금씩 공개하면서 당사자의 해명이 거짓말임을 드러냈는데, 이완구 당시 총리의 경우 처음 말과는 달리 성완종 회장을 23회나 만났고, 비타500 박스에 3천만 원을 전달받았다는 의혹까지 나왔다. 그는 이 사건이 보도되자 자기가 성완종 회장에게서 돈을 받았다는 증거가 나올 경우 목숨을 걸겠다고 했는데, 결국 4월 25일 총리직에서 물러났다.

이 사건은 세월호 참사와 십상시 문건 등으로 궁지에 몰린 박근혜 정부가 이명박 정부의 자원외교 비리를 터뜨리려고 시작했다는 분석이 유력하다. 그런데 결과를 보면 원래의 사건 자체는 성회장의 자살로 공소권 없음으로 결론이 났고, 오히려 친박 인사들이 이른바 성완종 리스트에 오르게 되는 결과가 되어 버렸다. 그러자 검찰은 홍준표 전 지사와 이완구 당시 총리만 재판에 회부하고 나머지는 줄줄이 무혐의 처분을 하였다. 두 사람은 1심에서 유죄를 선고받았는데, 2심에서는 무죄가 선고되었다.

검찰은 이 사건을 수사하면서 엉뚱하게도 고 노무현 전대통령의 형 노건평 씨가 성완종과 관계가 있다는 등의 발표를 하면서 초점을 흐렸는데, 대한민국의 검찰이 얼마나 권력자의 입맛에 맞게 움직이는 집단인지를 보여주었다.

공주는 외로워

박근혜와 최태민

박근혜 전 대통령에 대해 이야기할 때 최태민을 빼놓을 수 없다는 것은 이제 널리 알려진 사실이다. 그는 최태민 목사라고 일컬어지지만 개신교단에서 정식으로 목사 안수를 받은 사람은 아니다. 그는 오히려 승려로 출발해서 무속인 생활도 하였고, 스스로 목사가 되어 신흥 종교를 만든 사람이다.

그와 박근혜 전 대통령의 관계에 대해서는 언론을 통해 수많은 내용이 보도되었으므로 여기에서는 이른바 프레이저 위원회가 미 의회에 제출한 프레이저 보고서의 내용만 살펴보도록 하겠다. 먼저 한 가지 짚고 넘어가야 할 것은 많은 언론에서 박근혜 전 대통령이 최태민을 육영수 여사가 사망한 이후에 알게 된 것으로 밝히고 있는데 그것은 사실과 거리가 있다. 그 이전인 학생 시절부터 두 사람은 서로 알았다는 것이 현재 사실로 받아들여지고 있다.

1976년 이른바 코리아게이트 사건이 터진 뒤 미국에서 조직된 국제관계위원회 산하 국제기구소위원회(프레이저 위원회)가 1978년 10월 31일에 미국 의회에 제출한 보고서에 따르면 최태민은 박근혜를 '육체적으로도 정신적으로도 지배했다.'고 한다. 이 보고서의 내용을 무조건 믿을 수는 없다고 하더라도, 여타의 증언들을 보면 둘 사이의 관계가 매우 긴밀했음을 알 수 있다.

최태민의 딸이 바로 최순실이라는 것을 이제 모르는 사람이 없을 것이다. 최태민과 최순실 부녀에 걸쳐서 박근혜를 대통령으로 만들고 권력에 영향을 미치려 했다는 사실은 이제 더 이상 가리려고 해도 가릴 수 없는 '진실'이 되었다.

공주의 한숨

공무원연금개혁과 국민연금 소득대체율 향상

공무원연금이 적자가 되면서 개혁해야 한다는 여론이 여기저기서 나오기 시작했다. 물론 공무원들은 이에 대해 반발을 하였다. 그런 가운데 2014년 12월 국회에서 대타협기구를 구성하였다.

당시 정부 여당은 공무원연금개혁을 밀어붙일 태세였고, 제1야당인 새정치연합도 반대하기 어려운 상황이었다. 그런 가운데 해를 넘긴 2015년 2월에 여야가 공무원연금 개혁안 합의와 함께 '국민연금 명목소득 대체율을 50%로 한다.'는 공적 연금 강화 관련 합의를 하게 된다. 그리고 당시 여당인 새누리당의 김무성 대표와 제1야당인 문재인 대표는 이 합의안을 추인한다. 그러면서 여야는 사회적 기구와 국회특위를 설치하기로 했다.

그런데 청와대와 보건복지부가 반발하면서 이 합의는 백지화가 되었다. 특히 청와대의 반발이 거셌는데 박근혜 대통령은 5월 12일 국무회의를 주재하면서 "해야 될 일을 안 하고 빚을 줄이는 노력을 외면하면서 국민세금을 걷으려고 하는 것은 너무나 염치가 없는 일입니다."라는 발언을 하고는 7초 동안 고개를 떨구고 있다가 한숨을 쉬었다. 대통령이 한숨을 쉬었다고 하면서, 마치 이기주의에 빠진 각 집단의 문제 때문에 고뇌하는 대통령상을 보여 주려고 보수언론들은 이 장면을 대대적으로 보도했다.

이후 여야는 재협상을 하였고, 20일이 지난 뒤 절충안을 마련하였다. 그것은 "2015년 5월 2일 공무원 연금 개혁을 위한 실무기구에서 합의한 국민연금 명목소득 대체율 50% 합의와 그 밖의 합의 내용에 대한 적정성 및 타당성을 검증하고, 제반 사항을 논의하여 합의된 실현 방안을 마련하기 위하여 국회에 '사회적 기구'를 설치한다."는 것이었다. 이후 5개월간 논의를 했지만 결국 구체적 성과 없이 활동은 종료되었다.

공무원연금개혁안은 2015년 5월 29일에 국회를 통과하였고, 2016년 1월 1일부터 시행되었다. 한 해 1조 5천억의 연금 지급이 줄었고, 70년간 497조가 줄어들 전망이다. 결국 여야가 타협을 해봤자 대통령의 한숨으로 날아가 버리고, 여당 의원들은 대통령의 뜻을 관철하기 위한 거수기 노릇만 한 것이었다. 그런데 박근혜 당시 대통령이 국가의 상황 때문에 한숨을 쉴 정도로 고뇌했던 사람은 아니라는 것은 이후의 과정 속에서 적나라하게 밝혀진다. 단지 자신의 뜻이 관철되지 않아서 그런 것일 뿐이었다.

공주의 남자

박근혜 정부의 국무총리와 총리 후보자들

박근혜 전 대통령은 첫 번째 총리로 김용준 당시 대통령직 인수위원장을 지명하였다. 인수위원장으로서 자기가 총리 지명되었다고 발표하여 '셀프 지명'이라는 비아냥을 들어야 했다. 그런데 그는 두 아들의 병역 면제와 부동산 투기 의혹으로 지명 닷새 만에 인사청문회도 치르지 못하고 낙마하고 만다.

이어서 정홍원 전 대한법률구조공단 이사장을 지명하였다. 그 역시 병역 문제, 위장 전입, 전관 예우 등의 의혹이 잇따랐으나 인사청문회를 통과하고 총리에 임명되었다. 그러나 그는 세월호 참사가 터지자 책임을 지고 사표를 제출했다.

정홍원 당시 총리가 사표를 내자 다음에 후보자로 지명된 사람은 안대희 대법관이었다. 그는 지명되자마자 전관예우에 따른 과도한 수임료 문제가 언론에 보도되기 시작했다. 5개월 동안 약 16억 원에 달하는 수임료를 받았다는 것이 알려지면서 국민 여론을 들끓게 했다. 그는 결국 엿새 만에 인사청문회도 없이 사퇴하였다.

다음으로 지명된 사람은 문창극 전 중앙일보 주필이다. 그는 역사의식의 문제 때문에 낙마하게 되었다. 그가 그동안 한 강연이나 쓴 글 등이 공개되면서 여론의 비판을 받았다. 그는 '식민지 지배는 하나님의 뜻이다.' '위안부 문제에 대해 일본이 사과할 필요 없다.' 등의 말을 해서 국민들을 분노하게 하였다. 그는 사과할 일 없다고 버티다가 표현이 미숙하다는 등 몸을 낮추기도 하였고, 앞에 지명된 사람들과는 달리 사퇴 불가를 고수하려고 했으나 끝내 청와대에서도 교체 고려가 이야기되자 사퇴를 하였다.

두 사람의 총리 후보자가 낙마하자 박근혜 당시 대통령은 사표를 제출한 정홍원 총리를 다시 총리로 임명한다. 정확하게 말하면 사표를 반려한 것이다. 사표 반려를 무려 두 달 만에 한 것이다.

이어서 이완구 의원이 총리로 지명되었다. 현직 의원이기 때문에 무난히 인사청문회를 통과할 것이라는 예상과는 달리 그 과정에서 갖가지 문제가 터져 나왔다. 특히 언론관이 담긴 녹취록이 공개되면서 임명동의안 처리 직전 여론조사에서 '인준 반대' 의견이 절반이 넘을 정도였다. 인사청문회 과정에서 부동산 투기, 병역, 논문 표절, 가족의 건강보험료 미납 등 각종 의혹이 터져 나왔는데, 무엇보다도 언론관이 문제가 되었다. 그가 자신에 대한 의혹을 제기하는 언론 보도를 막으려 하고, 인사에도 개입하려고 하는 발언들이 녹취된 것이 야당 의원에 의해 공개된 것이다. 하지만 그는 도덕성에 타격을 입었지만 현직 의원이기 때문인지 찬성률 52.7%로 국회 인준을 '턱걸이' 통과했다.

이완구 전 총리를 중도 하차하게 한 것은 앞에서도 보았지만 이른바 '성완종 리스트'였다. 그리하여 그는 취임 63일 만에 결국 사의를 표명하여 헌정 사상 가장 단명하는 총리가 되었다. 이렇게 되자 다음 총리 지명이 또 박근혜 정부에게 커다란 부담이 되었다. 이때 지명된 사람이 마지막 총리를 하는 황교안이다. 그는 박근혜 정부에서 법무부 장관을 하면서 대통령 마음에 드는 일들을 많이 한 사람이다. 대선 댓글 사건 수사를 지휘하던 채동욱 검찰총장을 개인 문제로 사퇴하게 만들었고, 윤석열 검사를 좌천시켰다. 통합진보당 해산에 주도적인 역할을 하기도 하였다. 그 역시 석연치 않은 병역 면제, 세금 미납, 과다 수임료 등으로 청문회 과정에서 진통을 겪었지만 다수당인 여당이 강하게 밀고, 야당의 의지 부족으로 결국 청문회를 통과하여 총리에 임명되었다.

최순실 국정농단 사태가 불거지고 박근혜 전 대통령이 탄핵 위기에 몰린 2016년 11월에 박근혜 전 대통령은 김병준 교수를 총리로 지명한다. 노무현 정부에서 교육 부총리를 지낸 인물로 이 정도면 야당의 지지도 받을 수 있지 않을까 하는 생각에서 그런 모양이다. 그 과정에서 황교안 당시 총리에게 문자로 해임 통고를 했다고 해서 말이 많았다. 이 때문에 황교안 전 총리가 이임식 일정까지 잡아 놓았다가 취소하는 등의 해프닝도 벌어졌다.

그러나 김병준 총리 지명자는 야당의 강한 반대로 결국 지명이 철회된다. 그는 아무 생각 없이 하란다고 덥석 물었다가 우습게 돼버린 사람으로 희화화되기도 한다. 그래서 황교안 당시 총리는 총리직을 계속 수행한 뒤 박근혜 전 대통령이 탄핵된 뒤에 대통령 권한대행까지 하게 된다. 새 정부가 들어서면서 이임하기 전까지 보수층의 대안으로 거론되기도 하였고, 한일군사정보보호협정이나 사드 배치 등을 권한을 넘어서 마구 추진했다는 비판도 받았다.

공주와 돌림병

박원순과 메르스

2015년 6월. 우리 사회는 메르스 때문에 진통을 겪었다. 중동 지역에서 창궐한다는 메르스가 잠시 유행하다 끝나는 줄 알았더니 1차, 2차 감염자에 이어 3차 감염자까지 속출하면서 나라가 온통 난리판이 되었다.

6월 4일 박원순 서울시장이 심야에 긴급 기자회견을 하였다. 박 시장은 이 회견에서 "서울의 한 대형병원의 의사가 메르스 감염이 의심되는 상태에서 1,565명이 모인 재건축조합 총회에 참석하고 여러 사람들과 접촉을 하다 격리조치되었다."고 밝혔다. 그리고 이런 사실에 대해 보건복지부로부터 아무런 전달사항을 받지 못했다고 하였다.

박시장의 이런 회견에 대해 혼란을 초래했다는 비판도 있었다. 하지만 이때부터 메르스에 대처하는 움직임이 본격적으로 일어나기 시작했다. 그때까지 정부는 메르스 환자가 감염된 병원을 공개하기를 꺼려했었다. 그런데 이때부터 공개하라는 여론이 거세지면서 공개를 해보니 삼성 서울병원이 메르스의 주된 전파지라는 사실이 밝혀졌다.

이렇게 되자 사람들은 삼성그룹이 병원 명단 공개를 막은 것 아니냐는 의구심을 갖게 되었다. 더욱이 삼성과 정권의 유착관계가 최순실 농단 사태로 드러남에 따라 이것 역시 그 일환이 아닌가 하는 생각들을 하게 되었다. 한편 메르스 사태로, 삼성병원을 근거지로 해서 의료민영화를 추진해 보려고 하는 박근혜 정부의 계획이 어그러졌다는 평가도 있었다.

공주와 배신

세월호특별법과 시행령, 그리고 국회법 개정과 거부권 행사

세월호 참사의 진상을 규명하고 하루 속히 선체를 인양하고자 하는 세월호 특별법이 2014년 11월 7일 여야 합의로 통과되었다. 세월호 관련 3법은 세월호 특별법, 정부조직법, 유병언법(범죄 수익 은닉 규제 처벌법)이다. 여야 합의가 되었지만 특별조사위원회에 수사권과 기소권을 주는 문제와 특별검사후보 추천에 관한 문제는 이견이 있어서 법에 담기지 못하였다.

그런데 이 법의 시행령이 많은 문제가 있었다. 우선 위원장은 가족 중에서 선출하고 부위원장을 겸하는 사무처장은 여당이 추천하고 진상규명소위원장은 야당이 추천하기로 되어 있는데 모든 실무를 사무처장이 장악하게 되어 있었다. 게다가 정부자료만 조사한다는 조항도 있었다. 정부 여당이 특별조사위원회를 좌지우지하겠다는 것이었다. 동시에 정부 여당은 세월호 특조위가 '세금 먹는 하마'라는 등, '지겹다'는 등, '보상만 해주면 끝이다'는 등 비난을 일삼았다. 이때부터 박근혜 정부는 진상규명의 의지가 없음을 노골적으로 드러내기 시작했다.

이에 따라 야당 및 시민단체 등에서 시행령을 폐기하고 다시 만들 것을 요구하는 투쟁이 지속적으로 벌어졌다. 마침내 해를 넘겨서 당시 여당의 원내 지도부가 여론을 의식해서 야당과 함께 국회법 개정안을 통과시켰다. 2015년 6월에 국회 본회의를 통과된 이 법은 이른바 '하극상 시행령 방지법'인데 시행령이 모법을 심각하게 위배할 경우에는 입법부가 개정하거나 폐기할 수 있다는 내용이다. 입법부가 제정하는 법률과 정부가 만드는 시행령 사이의 관계에 관한 것이지만 그 계기는 세월호법의 시행령의 문제 때문에 나온 것이었다.

그런데 역시 이 법에 대해 박근혜 당시 대통령이 '행정부의 권한을 심각하게 침해'할 수 있다고 하면서 거부권을 행사함으로써 이 법은 사라지게 되었다. 동시에 박 전 대통령은 당시 새누리당 원내대표인 유승민 의원을 향해 '배신의 정치'라는 비난을 쏟아부었다. 그 뒤 유 원내대표는 원내대표직에서 물러날 수밖에 없었다.

공주의 정상과 비정상

역사 교과서 국정화 시도

2015년 10월 12일 박근혜 정부는 역사학계와 교사, 학생들의 반대에도 무릅쓰고 역사 교과서를 2017년부터 국정화하겠다고 발표하였다. 이러한 국정화 시도는 갑자기 나온 것은 아니었다. 박근혜 전 대통령은 대통령이 되고 나서 얼마 안 된 2013년 6월에 '사실에 근거한 균형 잡힌 역사 교과서 개발'을 주문하였다. 그리고 이듬해 2월에 이러한 발언을 반복하였다.

그리고 나서 보수언론과 새누리당이 우리의 역사 교육이 상당히 문제가 있다는 것을 지속적으로 강하게 언급하였다. 당시는 검인정 교과서였는데 검인정 교과서 대부분이 좌편향이라는 것이 이들의 공통된 주장이었다. 결국 2015년 1월에 황우여 당시 교육부총리가 역사 교과서 국정화를 암시하는 발언을 하더니 결국 10월에 공식 발표하기에 이른 것이다.

그러나 이들이 말하는 균형 잡힌 역사 교육이 전혀 균형 잡힌 내용이 아닌 것임은 많은 역사 연구자나 역사 교사들에 의해 밝혀진 바 있다. 이들은 1948년 대한민국 정부수립을 대한민국 건국이라고 하는 등 헌법을 부정하는 발언까지 하였다. 그리고 이들은 박정희 전 대통령의 업적을 미화하여 그것이 그 딸인 당시 대통령에게 이롭게 작용하도록 한다는 것은 삼척동자도 아는 일이었다.

결국 2017년 5월 새 정부가 들어서면서 대통령이 직접 역사 교과서 국정화 폐지를 지시하였다. 그리하여 시간과 비용만 낭비한 채 역사 교과서 국정화는 역사의 뒤안길로 사라졌다.

공주와 복면

박근혜 정부의 노동 개혁

박근혜 정부는 임기 시작부터 노동개혁을 중점 과제로 제시했고, 그것이 안 되면 마치 경제가 살아날 수 없는 것처럼 이야기했다. 그것을 위해 법을 개정해야 하는데 야당의 반대로 안 되고 있다는 것이 그들이 주장하는 내용이었다.

이른바 노동개혁은 5개 법안을 개정하는 것을 말한다. 5개 법안은 근로기준법, 산업재해보험법, 고용보험법, 파견근로자보호 등에 관한 법률, 기간제 및 단시간 근로자의 보호 등에 관한 법률이다. 이 중 핵심은 근로기준법을 개정해서 취업규칙의 변경을 수월하게 하여 일반해고를 가능하게 하는 것이고, 임금피크제를 실시하는 것이었다.

2015년 9월 13일 노사정위가 대타협을 발표한다. 그리고 이튿날인 14일에 한국노총 중앙집행위에서 이 대타협을 통과시킨다. 하지만 노동자들의 반발이 거셌다. 당시 중앙집행위가 열리는 곳 밖에서 조합원이 분신으로 항거하기까지 하였다.

이렇게 대타협으로 만들어진 법 개정안이 야당의 반대로 통과되지 않자 박근혜 정부는 양대 지침이란 것을 발표한다. 법 개정 이전에 지침으로 이른바 노동개혁을 실시하겠다는 것이었다. 이른바 양대 지침은 '공정인사지침과 취업규칙 해석 및 운영지침'이라는 것으로 박근혜 정부 노동개혁의 핵심 사항인데, 저성과자의 해고를 가능하게 하는 '일반해고'를 허용하고 취업규칙 변경 요건을 완화하는 내용을 포함하고 있다. 이것은 사용자의 쉬운 해고를 조장하는 것이었다.

결국 대타협에 참여했던 한국노총은 이 양대 지침 때문에 이듬해인 2016년 1월에 노사정 대타협 파기를 선언했다. 이어서 총선에서 여당이 대패하고 5월 19일에 19대 국회의 임기가 끝나자 노동개혁을 위한 법률 개정안은 결국 폐기되었다.

박근혜 정부의 이른바 노동개혁은 그 핵심 내용이 대부분 전국경제인연합회와 한국경영자총협회 등 경영계의 요구 사항이었다. 결국 이후의 국정농단 등을 통해 볼 때 거금을 모아 준 대기업들에 보은하는 차원에서 그토록 열심히 노동개혁을 외쳐 댔던 것 아닐까 하는 합리적인 의심을 하지 않을 수 없다.

공주의 거울

아리랑 TV 사장의 호화 출장

2015년 9월. 박근혜 당시 대통령의 유엔 총회 연설을 해외 중계하기 위해서 뉴욕에 출장을 갔던 방석호 아리랑 TV 사장의 호화 출장이 문제가 되었다. 뉴욕 중심가의 캐비아 전문점에서 113만 원 상당의 식사를 했고, 스테이크 전문점에서 백만 원이 넘게 지출하였으며, 하루 렌트비만 120만 원에 달하는 고가의 차량을 빌렸다고 한다.

이 문제가 불거지자 그는 뉴욕의 한국 문화원 직원 5명, 유엔 한국대표부의 오준 대사, 유엔의 한국인 직원들과 함께 식사하였다고 말했으나 모두 다 거짓이었고, 가족들끼리만 이런 호화식사를 하였다고 한다. 그는 그해 5월 혼자 출장 갔을 때도 호화식사를 했다고 한다. 최고급 프랑스 식당에서 95만 원, 이탈리아 식당에서 84만 원어치 식사를 했는데, 그것을 모두 법인카드로 결재했다고 한다.

돈 많은 사람이 자기 돈으로 호화식사를 한다고 해서 비난받을 이유는 없다. 문제는 그가 한 호화식사를 대신 지불해 주어야 할 아리랑 TV가 매년 적자로 존폐 위기에 몰린 곳이라는 점이다. 그런데도 이런 행태를 보이는 것은 그의 품성 문제도 있지만 그가 낙하산으로 임명된 사람이라는 점도 작용했을 것이라는 분석도 있다.

그는 홍익대학교 교수 출신으로 방송과는 별로 인연이 없는 인물이다. 그런데도 이명박 정부 때 KBS 이사를 하고, 이어서 정보통신정책연구원장을 지내더니, 박근혜 정부 들어서 아리랑 TV 사장에 낙하산 임명이 되었다. 그의 낙하산 임명에 대해 언론에서는 김종덕 당시 문화체육관광부 장관의 홍대 인맥이라는 설이 돌았다.

공주가 기가 막혀

테러방지법과 필리버스터

2015년 12월 8일. 박근혜 당시 대통령이 국무회의의 모두 발언에서 '우리나라가 테러를 방지하기 위해서 이런 기본적인 법 체계조차 갖추지 못하고 있다는 것, 전세계가 안다. IS(이슬람국가)도 알아버렸다.'고 말함으로써 테러방지법 입법의 시동을 걸었다. 박근혜 전 대통령은 기자회견이라는 것은 거의 하지 않은 채, 국무회의 혹은 수석비서관회의 등을 통해 지시를 하고 그것을 언론을 통해 확산시키는 방식으로 자기의 뜻을 관철해 왔다. 테러방지법 역시 그런 수순을 밟았다.

당시 집권당이었던 새누리당은 대통령의 발언이 있자 바로 테러방지법을 발의하여 입법 절차에 들어갔다. 2016년 2월 23일 새누리당 주호영 의원이 대표로 발의했는데, 당시 야당이었던 더불어민주당은 2월 23일 오후 7시7분부터 3월 2일 오후 7시31분까지 192시간 넘게 필리버스터(무제한 토론)를 하였다. 필리버스터의 요지는 테러방지법이 국가보안법처럼 인권 침해의 소지가 있다는 것이었다.

한편 박근혜 당시 대통령은 야당의 필리버스터에 대해 '정말 그 어떤 나라에서도 있을 수 없는 기가 막힌 현상'이라고 말해 그 무지함을 스스로 드러냈다. 민주주의 국가에서 필리버스터는 아주 자연스러운 현상이고, 계속 있어 왔던 일이다. 우리나라도 1973년 유신 정권 때 필리버스터 제도가 금지되기 전까지 종종 있었던 일이었다.

공주는 잠 못 이루고

특별감찰관과 우병우 비리

특별감찰관이란 것은 대통령의 친인척 등 대통령과 특수한 관계에 있는 사람의 비위행위에 대한 감찰을 담당하는 임무를 맡은 사람이다. 이 제도를 두게 된 법은, 박근혜 정부가 시작된 지 1년 뒤인 2014년 3월 13일에 제정되어서, 6월 19일에 시행되었다.

특별감찰관제도를 박근혜 정부가 마련한 것은, 그만큼 친인척비리에는 자신 있다는 생각이어선지, 아니면 형식적으로 그냥 두어도 별 문제가 없다고 생각해서인지는 모르겠지만, 예상을 깨고 특별감찰관제는 부메랑이 되어 박근혜 정부를 향해 날아왔다.

이석수 당시 특별감찰관은 박근혜 당시 대통령의 친동생인 박근령 전 육영재단 이사장을 1호로 검찰에 고발했다. 그런데 이 사건은 별로 언론에 알려지지 않은 채 넘어갔다가 나중에 드러나게 되는데, 그것은 이석수 특별감찰관이 우병우 전 민정수석에 대한 감찰을 개시한 뒤였다.

이석수 특별감찰관은 우병우 전 민정수석의 처가 관련 비리 등을 감찰하였는데, 2016년 7월 우병우는 그 사실을 통보받자 이석수에게 감찰하지 말아 달라고 종용하였다. 그래도 감찰을 계속하고 검찰에 수사를 의뢰하자 청와대는 이석수 특별감찰관을 감찰 내용을 유출했다며 검찰에 고발한다. 십상시 문건 때처럼 감찰 대상의 비리는 날아가고, 그것을 유출했다는 것을 핵심 포인트로 만들어 버린 것이다.

공주와 지진

송로버섯

2016년 4월 총선에서 참패한 새누리당이 이정현 의원을 새 대표로 선출하였다. 이정현 의원은 새누리당에서 유일하게 전남 지역구 의원에 선출된 사람으로 박근혜 전 대통령을 위해서는 내시라도 되겠다고 할 정도로 친박인 사람이다.

박근혜 전 대통령은 새누리당과 오찬을 하면서 김무성 당시 대표를 부르지 않을 정도로 자기 마음에 드는 사람만 가까이 하는 성벽을 지닌 것으로 유명하다. 그런 사람이 자기를 위해 내시라도 되겠다는 사람이 대표가 되었으니 얼마나 기뻤겠는가.

이때 신임 당 지도부와 청와대에서 오찬을 했는데 그때 그 유명한 송로버섯이란 게 메뉴에 오르면서 널리 알려지게 된다. 송로버섯은 1g에 18만 원, 900g짜리가 1억 6천만 원을 호가한다고 한다. 프랑스의 루이 14세가 즐겼다는 이것은 철갑상어의 알인 캐비아와 거위의 간인 프아그라와 함께 서양의 3대 진미로 알려져 있다.

이날 오찬에는 이것 외에도 바닷가재, 훈제연어, 캐비아 샐러드, 샥스핀찜, 한우갈비 등이 나왔다고 한다. 이 정도 되면 '서민을 위한 정치'를 한다는 코스프레가 얼마나 거짓인지는 너무나 분명한 것 아닌가?

공주와 순살

민중은 개 돼지

2016년 7월. 세월호 참사, 십상시 문건, 메르스 사태 등으로 그렇지 않아도 열받던 국민들에게 또 짜증나는 소식이 들려왔다. 당시 교육부 기획관이던 나향욱이란 사람이 '민중은 개 돼지이고, 먹고 살게만 해 주면 된다.'라는 발언을 기자들과 식사하던 중에 했다는 것이었다. 그는 '신분제를 공고히 해야 한다.'라는 말도 했다는데, 그해 초 구의역 사고로 갑작스럽게 사망한 김모 군에 대해 '그게 어떻게 내 자식처럼 생각되나? 그게 자기 자식 일처럼 생각되면 오히려 위선이다.'라는 말까지 했다고 한다.

이 말이 언론을 통해 세상에 알려지자 교육부에서 대기 발령을 내렸고, 인사혁신처 중앙징계위에서는 파면 결정을 내렸다. '공직사회 전반에 대한 국민의 신뢰를 실추시킨 점, 고위 공직자로서 지켜야 할 품위를 크게 손상한 점 등을 고려해 가장 무거운 징계 처분을 내린다.'는 것이 결정 이유였다. 이에 대해 나 전 기획관은 불복하고 소청 심사 청구를 했으나 기각되어 파면이 확정되었다.

2017년에 그는 언론사를 상대로 낸 민사소송 1심에서 패했다.

공주는 외로워 외로워

최순실 구속과 가짜 의혹

2016년 10월 30일 최순실이 유럽에서 귀국했다. 공항에 기자들이 몰려들었고, 북새통이 되면서 신발이 벗겨지기까지 하였다. 그 신발이 명품이라는 이야기가 화젯거리가 되기도 하였다. 그때부터 지금까지 우리나라 정국을 달구었던 최순실. 우리나라에서는 삼척동자도 아는 최순실은 이렇게 해서 국민대중에게 모습을 드러내었다.

최순실의 국정농단 의혹 사건은 그해 7월부터 보도되기 시작했다. 맨 처음 보도한 곳은 조선일보였다. 조선일보는 우병우 당시 민정수석의 비리를 보도하면서 박근혜 정부와 각을 세우는 보도를 해서 많은 사람을 의아하게 생각하게 하였다. 동시에 조선일보의 계열사인 TV조선이 미르라는 민간문화재단이 설립 두 달 만에 대기업들로부터 500억 가까운 돈을 모았고, 이 과정에서 안종범 당시 청와대 정책조정수석이 영향력을 행사했다는 의혹을 제기했다. 이러한 보도는 많은 사람들에게 시류를 잘 타는 조선일보의 도전으로 받아들여졌다. 이제 수명이 다해 가는 박근혜 정부에 대한 도전이라는 것이었다.

그러나 조선일보의 이러한 도전은 송희영 당시 주필이 대우조선해양의 사장 연임 로비를 대신해 주었다는 의혹으로 역풍을 맞으면서 일단 주춤하게 되었다. 송 전 주필은 지난 2011년 9월 대우

조선해양의 전세기를 타고 유럽으로 초호화 외유성 출장을 다녀온 뒤, 대우조선에 우호적 사설과 칼럼을 쓴 의혹을 받고 검찰에 기소되었다. 물론 이 건을 들고 나온 것은 정치검찰의 공작이었겠지만 사안 자체가 결코 정당한 것은 아니었다.

이후 이어지지 않던 후속보도를 하여 다시 불을 지핀 곳은 한겨레 신문이었다. 그해 9월 한겨레는 박근혜 전 대통령 해외순방에 동행하기도 했던 '미르·K스포츠재단의 설립과 인사 과정에 최순실이 개입했다는 의혹'을 보도하였다. 이때부터 본격적으로 언론에 최순실의 이름이 오르내리기 시작했다. 그런데 사실 일반인은 몰라도 언론인들에게는 최순실의 이름이 낯선 것은 아니었다. 십상시 문건 때 박관천 경정이 검찰에서 우리나라 권력 서열 1위가 최순실이라고 했다는 것이 널리 알려졌기 때문이었다.

그런데 박근혜 정부로서는 설상가상의 일이 터졌다. 바로 최순실의 딸인 정유라의 특혜입학 의혹이었다. 이 문제는 이전의 어떤 다른 것보다도 대중적인 관심과 분노를 촉발시켰다. 이러한 상황에서 박근혜 정부는 언론의 모든 보도를 일절 부인했으며 그해 10월 24일 박근혜 전 대통령이 국회 시정연설에서 임기 내 개헌 방침을 밝히며 국면 전환을 시도하기도 하였다.

그러나 그날 저녁 JTBC가 최씨의 태블릿PC를 입수해 그 내용을 보도하면서 사태는 일거에 반전되었다. 최순실이 박근혜 당시 대통령의 연설문을 보고 작성한 것만이 아니라 국가의 주요 정책까지도 속속들이 보고받았다는 것이 적나라하게 드러났기 때문이었다.

결국 유럽으로 나가 있던 최순실이 국내에 들어올 수밖에 없었고, 그는 공항에서 몰려드는 취재진을 향해 '죽을 죄를 졌다.'는 말을 하였다. 그런데 이때만 해도 사람들 사이에서는 저 사람이 최순실 맞냐는 의혹이 퍼지기 시작했다. 결과적으로 보면 의혹 자체가 사실이 아니지만 그만큼 사람들의 불신이 컸던 것이다. 세월호 참사 당시 선주였던 유병언이 시신으로 발견되자 가짜 아니냐는 의혹이 있었고, 아직도 그렇다고 믿는 여론이 있는 실정이다.

하지만 그 뒤 특검과 재판을 거치면서 최순실은 가짜가 아님이 확실하게 되었다. 특히 특검에서 조사받으면서 해가 바뀌어 2017년 1월 25일에 특검에 출석하면서 특검이 민주주의 특검이 아니라는 등 하며 샤우팅을 하던 모습은 정말 가관이었다. 이때 청소하던 아주머니가 하던 말 역시 한동안 사람들에게 화젯거리가 되었다. "염병하네."라는 바로 그 말이다. 어떤 고매한 학자의 긴 말보다 훨씬 더 설득력이 있지 않은가.

공주와 도둑들

삼성물산 합병과 국민연금 손실

최순실 국정농단에 대해서는 국민의 80%가 분노하고 박근혜 당시 대통령의 탄핵에 대해 동의하였다. 하지만 조직적으로 이에 대해 저항하고 끊임없이 국민들을 회유하고 기만하려는 움직임도 있다. 하지만 이 사건은 단순히 농단을 했다는 차원이 아니라 전 국민에게 실질적인 피해를 입힌 사기 사건이고, 배임 횡령 사건이라는 점을 잊어서는 안 된다. 그중 대표적인 사례 하나를 언급해 보자.

최순실은 삼성그룹으로부터 엄청난 액수의 뇌물을 받았다. 2015년 8월 삼성은 최순실 회사인 코레스포츠(現 비덱스포츠)와 승마선수단 6명을 지원한다는 명목으로 220억 규모의 컨설팅 계약을 맺는다. 그해 9월 삼성은 코레스포츠에 35억 원을 지원한다. 이어서 10월 삼성은 최순실 조카 장시호가 설립한 동계스포츠영재센터에 5억5천만 원을 후원한다.

이러한 돈 거래가 있기 한 달 전인 2015년 7월에 삼성물산과 제일모직이 합병하는 일이 있었다. 그런데 당시 외국계 투자자문사들 대부분이 반대하는 합병에 대해 최대주주인 국민연금이 찬성표를 던져서 합병이 성사된다.

이 합병에 문제가 있는 것은 제일모직 : 삼성물산 = 1: 0.46 비율로 주식 가치를 산정해야 함에도 삼성의 의도에 따라 1:0.35 비율로 합병을 결정한 것이다. 다시 말해서 제일모직의 주식 가치를 높인 것인데, 그것 때문에 제일모직 주식이 많은 이재용 부회장이 엄청난 이득을 보게 된다. 그것은 반대로 삼성물산의 최대 주주인 국민연금이 그만큼 손해를 보게 되는 것이었다.

이재용 부회장이 이득을 보는 것은 단순히 경제적 이익만이 아니라, 삼성그룹 내의 지분을 높임으로써 회장 승계를 유리하게 할 수 있기 때문이었다. 그런데 국민연금은 어떤 곳인가? 국민들의 노후연금을 책임지는 기관으로 기금 손실을 최소화하고 이익을 증대해야 할 의무가 있는 곳이다. 국민연금의 돈은 국민들이 피땀 흘려 번 돈에서 떼어 가는 돈이다. 그런데 이 결정으로 약 6,000억 원의 손해를 보게 된다. 그렇다면 이것이야말로 도둑질이 아니고 무엇이라고 할 수 있을까?

박근혜 당시 대통령은 앞에서도 보았지만 국민연금의 명목소득 대체율을 50%로 한다고 여야가 합의하자, 빚을 줄이는 노력을 외면하면서 국민세금을 걷으려고 하는 것은 너무나 염치가 없는 일이라고 하면서 한숨을 쉰 일까지 있었다. 그런데도 그냥 앉아서 일개 재벌의 이익을 위해 국민연금이 엄청난 손실을 하게 만든 것이다. 그렇다면 앞에서 쉰 한숨은 쇼에 지나지 않는 것인가?

박근혜 당시 대통령이 공범 최순실과 함께 국가권력을 이용하여 공적인 돈을 사적인 이익을 위해 빼돌린 사건, 그것이 바로 최순실 국정농단 사건이다. 그것으로 인해 국민들은 엄청난 손해를 보게 된 것이다. 그러므로 이들에 대한 엄정한 처벌은 물론 이들의 국내 재산, 해외로 빼돌린 재산까지 철저하게 조사해서 환수해야 할 필요가 있다. 그래야 비로소 대한민국이 나라다운 나라가 되고, 국민들의 진정한 애국심을 불러일으키는 나라가 될 것이다.

불법을 자행한 비정상적 국정 운영 풍자
– 감옥에 갇힌 공주와 도둑들

오태호(문학평론가)

1. 문재인 정부 탄생의 필연적 전조

정해랑의 『공주와 도둑들』은 박근혜 정권의 불법과 실정에 대한 풍자를 담고 있는 2017년판 『오적』이다. 2017년 3월 31일 서울구치소에 구속 수감되어 8월 현재 재판을 받고 있는 '전 대통령 박근혜'와 그 정권의 부당한 권력 행사에 부역한 일당들에 대한 풍자시 모음집으로, 「공주의 외출」(2014. 8)에서부터 「공주와 도둑들」(2016. 11)에 이르기까지 총 21편을 통해 박근혜 정권의 말기를 조망한다. 헌법재판소의 박근혜 탄핵 인용 결정(2017. 3. 10) 이후 조기 대선으로 치러진 지난 5월 9일 문재인 정부가 탄생한 이래로 이제 100일이 지나고 있다. 출범 이래로 80%를 오르내리며 고공행진하고 있는 국정지지율은 탄핵 직전 5%에 머물러 있던 박근혜 정부의 지지율과 극적으로 대비된다. 그야말로 2016년과 2017년의 대비 속에 각종 적폐 청산을 통한 '비정상의 정상화'가 더디지만 조금씩 수행되고 있다.

정치 풍자시의 기원에 김지하의 『오적』이 자리한다는 것은 주지의 사실이다. 1970년 5월 『사상계』에 발표된 『오적』은 1960년대 박정희 정권 당시 부정부패로 물든 기득권층의 실상을 일제 강점기의 을사오적에 빗댄 '담시'로 담아낸다. 당시 이 작품을 발표한 『사상계』는 폐간되고, 작가와 편집인 등이 국가보안법 위반으로 구속되는 등 온갖 탄압에 시달리며 유신 독재의 폭압을 증명하는 상징적 필화 사건으로 기록되어 있다. 작품 속에서 오적은 '재벌, 국회의원, 고급공무원, 장성, 장차관'을 일컬으며, 인간의 탈을 쓴 짐승으로 등장한다. 특히 부정부패를 척결해야 할 포도대장이 오히려 오적에게 매수되어 민초 '꾀수'를 무고죄로 몰아 감옥에 집어넣고 도둑촌의 주구로 살아가는 모습은 이명박 정부와 박근혜 정부에서 사법기관의 행태와 별반 다르지 않다는 점에서 정치적 기시감을 확인하게 된다. 물론 시 속에서 포도대장과 오적의 무리는 어느 날 아침 기지개를 켜다가 갑자기 벼락을 맞아 급살하게 된다는 고대소설적 인과응보로 '담시'는 마무리된다.

2017년판 '오적'에 해당하는 『공주와 도둑들』의 주인공은 그야말로 '공주'와 '도둑들'이지만, 이들의 행태를 바라보는 전지적 화자의 풍자적 시각이 주된 정조를 구성한다. 등장인물들의 지위를 표기하는 방식은 왕조시대인 조선시대의 표현을 활용하여 정치권력의 구시대적인 행태를 풍자한다. 즉 '공주'는 '박근혜 대통령', 늙은 도승지는 '김기춘 비서실장', '부왕'은 '박정희 전 대통령', 오랑캐는 일본, 영의정은 국무총리, 군졸은 경찰, 의금부는 법무부, 포도청은 검찰, 야소교 대장은 교황, 궁궐은 청와대, 재벌은 만석꾼, 예조판서는 문화체육관광부 장관 등으로 명명되어 근대적 공화국인 대한민국이 아직도 '전근대적이고 봉건적인 시스템'에 머물러 있는 행태를 풍자한다.

2. '공주의 00' 구조 시편들 – 세월호 참사에 대한 무능력한 대응과 비정상적인 정권 행태 비판

'공주의 00' 구조의 시들은 '유약하고 미성숙한 존재'로서의 '공주'의 표상과 함께 공주의 속성을 알려주는 '외출, 분노, 눈물, 코걸이, 한숨, 남자, 정상과 비정상, 거울' 등의 키워드들을 통해 히스테리컬한 공주의 감상적인 어리석음과 무능력한 정치적 실정을 드러낸다. 대표적으로는 세월호 참사 관련 내용들이 주를 이루고, 박근혜 정권의 비정상적 행태가 함께 비판된다.

먼저 「공주의 외출」(2014. 8)은 '공주님의 왕짜증'을 핵심 키워드로 하여 백제 무가인 「서동요」에 빗대어 '세월호 7시간'의 의혹을 풍자하면서, "공주님은 남 몰래 얼어두고 / 아무개를 밤에 몰안고 가다"라는 식으로 원작을 패러디한다. 하지만 공주는 "공주의 7시간"에 대한 의혹을 분명하게 해명하지 않은 채, "왕은 꾸짖을 권한만 있고 책임은 없"다는 변명만 일관하는 것으로 그려진다. 「공주의 분노」(2014. 9)에서는 대통령 면담을 요구하는 세월호 유가족들의 청와대 앞(청운동과 효자동 주민센터) 농성에 대한

'공주의 불쾌감'을 키워드로, 부왕(=박정희)처럼 "중단 없는 전진"을 강조하며 시위대에 대한 분노를 터뜨리는 '공주의 히스테리'를 풍자한다.

「공주의 눈물」(2014. 9)은 세월호 참사 관련 기자회견 당시 "모든 것이 백성의 어머니인 자기의 무한 책임"이라며, 유가족들에게 "언제든지 필요하면 문을 열어 두고 있을 테니 오라"고 심각한 표정으로 "악어의 눈물"을 흘렸던 시간을 회상한다. 하지만 "나를 모독하면 가만두지 않겠다는 으름장을 남겨 놓고 / 이 나라 저 나라로 다니면서 / 눈물은커녕 배시시 웃고 다녔다"는 내용을 덧붙여 기록하면서 '공주의 눈물'이 결국 "악어의 눈물"에 그치는 '위장된 눈물'이 아니라 "닭의 눈물"이자 "달구똥 같은 닭새끼 눈물"이라며 장안에 떠도는 비판적 민심의 이야기를 전한다. 「공주의 코걸이」(2015. 4)에서도 "귀에 걸면 귀걸이, 코에 걸면 코걸이"라는 속담을 활용하면서 세월호 참사의 진상규명 요구를 외면한 공주를 향해 '임금님 귀는 당나귀 귀'라는 진실을 외치는 민초들의 목소리를 기록한다.

「공주의 한숨」(2015. 5)에서는 공주의 뜻대로 돌아가지 않는 세상에 대한 원망을 그리며 침상에서 대지진을 감지하는 공주의 모습을 희화한다. '공주의 한숨'이 개인적이고 이기적인 자조감의 표현에 해당한다면, '백성의 한숨'은 정권의 무능력한 행정과 각종 탄압으로 피해를 입은 당사자들의 절규가 모여 만든 '대지진의 함성'으로 비유된다.

(전략) 세금 폭탄 맞아서 죽겠노라 하는 백성 / 취직 못 해서 차라리

외국 가겠다는 처녀 총각 / 언제 잘릴지 몰라 전전긍긍해야 하는 노동자들 / 비료값도 안 나오는 농사 지어야 하는 농민들 / 바른말 좀 했다고 잡혀간 사람의 엄마, 아빠들 / 물에 빠져 죽은 사람들의 가족들 / 불에 타서 죽은 사람들의 가족들 / 지붕이 무너져 내려 죽은 사람들의 가족들 / 군대 가서 맞아 죽고 총 맞아 죽은 사람들의 가족들 / 노후대책 없어서 살지 못하겠다는 사람들 / 전국 곳곳의 백성들이 한숨을 터뜨린 것이 / 궁성까지 미쳐 온 것이라고 아뢰오 / 그게 무슨 소리란 말이냐아아아…… / 하다가 공주도 그 바람에 넘어지고 말았다는데 / 그날 이후 공주는 한숨조차 쉬지 못했다지 / 아주 까마득히 먼 옛날 먼 나라의 이야기 / 믿거나 말거나…….

인용문에서 한숨을 터뜨리는 존재들은 '백성'이다. 공주 자신이 국정을 잘못 수행함으로써 초래한 일들로 인해 노동자, 농민, 시민 등 대한민국의 평범한 남녀노소의 국민이 전국 곳곳에서 한숨을 터뜨리고 있는 것이 '대지진'의 실체임이 드러난다. 하지만 공주는 그 한숨의 실체를 오판함으로써 결과적으로 '박근혜-최순실 게이트'라는 국정 농단 사태를 초래하게 된다.

「공주의 남자」(2015. 5)에서는 국무총리와 총리 후보자들의 이야기가 그려지면서, 5명 중 3인이 낙마한 이야기를 통해 박근혜 정부의 고위직 인사 참사를 풍자한다. 부동산 투기, 병역 의무, 전관예우, 친일사관, 논문 표절 등의 문제가 거론되면서 김용준, 안대희, 문창극 등의 후보자 들이 낙마한 이야기와 함께 정홍원, 이완구, 황교안 등의 총리 지명자들의 부적격에 해당하는 이야기를 통해 '공주의 남자'를 풍자하고, "영계로 간 그"(=최태민)가 영의정이었기를 바라는 내용이 그려진다. "공주의 남자들은 문제가 많고 / 쓸 만한 놈들은 공주의 남자가 아니"기 때문에 공주의 고민이 깊어 가는 내용이 풍자되는 것이다.

「공주의 정상과 비정상」(2015. 11)에서는 "정상을 좋아하고 비정상을 싫어한다"는 공주가 실상은 정상적인 일들을 비정상으로 만든 잘못된 신념의 소유자였음을 풍자한다. 여론을 외면한 채 역사교과서 국정화 시도를 소재로 "비정상적인 역사교과서"를 '국정교과서'로 정상화시키겠다는 성전을 선포한 이야기가 다뤄진다. '역사의 획일화'를 강제하려는 전근대적 시도라는 비판 속에서도 국론을 분열시킨 교육부는 상식과 합리를 저버리는 대화적 의사소통을 가로막은 채 밀실에서 친일 극우적 역사의 국정화를 시도한다. 하지만 결국 문재인 정부가 들어서면서 2년 동안 논란의 대상이 되었던 국정 역사교과서는 폐기되어 역사 속으로 사라진다.

「공주의 거울」(2016. 2)에서는 "부왕에게 초대받아 온 마법사"(=최태민)와 "마법사의 딸"(=최순실), "새끼 마법사=마법사의 사위"(=정윤회) 등과의 관계를 회상하며 마법사가 가져다 준 선물인 '거울'에 기대어, "진실한 사람"을 찾으려는 공주의 노력을 백설공주의 거울 이미지를 빌려 풍자한다. 하지만 "거울아 거울아 이 나라에서 가장 진실하지 못한 인간이 누구냐"는 질문에 "거울 속에서 싸늘하게 웃는" 자신이 드러나면서 '진실로 위장된 거짓의 삶'을 일관한 존재가 공주임이 풍자된다.

이렇듯 '공주의 00' 계열 시편들은 세월호 참사에 대한 무기력한 사후 대응을 중심으로 공주의 과거와 현재, 부속물이나 심리상태, 권력 관계 등을 통해 정당성과 공정성을 잃어버린 채 국정을 사유화한 과거 지향적인 극우 불통 세력의 무능력을 만천하에 드러낸 현실을 비판한다. 결과적으로 백성들의 한숨과 시름이 깊어지면서 대지진의 전조가 드러나 파국을 예견하는 에피소드들을 집적하는 이야기가 다뤄진다.

3. '공주와 00' 구조 시편들 - 정부 여당의 실정에 대한 비판

'공주와 00' 구조 시편들은 공주와 함께 국정을 농단한 주변인들의 이야기가 주로 다루어지면서 정부 여당의 실정에 대한 비판이 그려진다. '낙하산, 농담, 쌈짓돈, 복면, 지진, 순살, 도둑들'이 공동격조사 '와' 이후에 함께 덧붙여지면서 공주가 세계를 인식하는 왜곡된 방식과 공주를 둘러싼 구시대적 불통의 '인의 장벽', 사유화된 권력의 비정상성 등의 행태가 비판된다.

먼저 「공주와 낙하산」(2014. 10)에서는 "공주를 위해 막말을 서슴지 않던 막말의 여제"(대한적십자사 총재), "오랫동안 공주의 편에서 일해 온 고향 선비"(한국방송광고진흥공사 사장), "고을 관리와 사또만 주구장창하면서 충성을 바치다가 / 지난번 관찰사 뽑기에서 물 먹은 인간"(인천공항공사 사장) 등의 낙하산 인사를 비판한다. 이들의 낙점은 직무 수행 능력과 무관한 이들을 공공기관의 수장에 앉힘으로써 낙하산 인사의 폐해를 극명하게 보여 준 사례들에 해당한다. 뿐만 아니라 '막말의 여제'에서 여제를 '여제(女帝)'가 아니라 '여제(女弟)'라고 표현하여 말장난을 시도함으로써 이들의 언어 감각이 미숙아 수준에 머물러 있음을 풍자한다.

(전략) 대궐 뜨락에 새까맣게 떨어지는 낙하산 / 그런데 검은 베레가 아니라 가슴에 노란 리본을 달았다. / 배가 침몰해 바다에 빠져 죽은 애들의 애미, 애비들 아닌가 / 대궐 앞 길가에 천막 치고 죽치던 자들 아닌가 / 꿈에 볼까 두려운 그들이 낙하산 타고 대궐로 들어오다니 / 여봐라 게 아무도 없느냐 / 소리쳐도 소리가 나지를 않는데 / 이번에는 또 역마차를 모는 자들, 수리하는 자들이 쏟아진다. / 어디 그뿐인가 하얀 옷을 입은 의원들, 의녀들 / 내시 내시는 어디 갔느냐 / 도승지는 어디 갔소 / 어영대장은 무엇하는 거요 / 아무리 불러도 목소리는 나오지 않고 / 아무도 대답이 없다. / 이러지도 저러지도 못하고 창밖만 바라보며 발만 동동 구르는데 / 이건 또 웬일인가 마침내 용상까지 낙하산 타고 누군가 내려온다. / 이건 아닌데 이건 진짜 아닌데 / 역모다 모반이다 반역이다 안 나오는 목소리로 외치다가 / 다급한 김에 베개를 낙하산 삼아 등에 지고 뛰어내렸는데 / 쿵 하는 소리에 침상 밑으로 떨어지면서 소리를 질렀다지 / 부왕을 불렀다고도 하고 / 또 다른 사내를 불렀다고도 하던데 / 그야 누구도 알 수 없는 일 / 옛날에 옛날에 있었던 일이란다.

인용문에서 공주가 꿈을 꾸는 대목은 촛불혁명에 의해 공주가 헌법과 법률 위반으로 탄핵되는 과정을 함축한다. 특히 인용문에서처럼 세월호 유가족들이 노란 리본을 달고 낙하산을 탄 채 청와대에 진입하는 꿈을 꾸는 공주의 모습은 '세월호 참사'에 제대로 대응하지 못한 권력자가 지닌 '일종의 트라우마'를 보여준다. 하지만 진심의 속죄와 반성이 담기지 않은 '내상으로서의 트라우마'는 결코 치유되지 않는다. 오히려 세월호 유가족들을 적대시함으로써 정치공학적으로 세월호 참사에 대응한 정권의 무능력을 상징적으로 보여 준다. 결국 '역모, 모반, 반역'이라는 키워드로 참사의 진상 규명과 책임자 처벌을 제기하는 반대 의견을 탄압함으로써 공주는 2017년 8월 현재 수인(囚人)이 될 수밖에 없었던 것이다.

「공주와 농담」에서는 공주가 농담을 별로 좋아하지 않지만, 자신의 수첩에 "십상시의 국정 농담"이라고 적으면서 '정윤회 문건'으로 회자되던 '십상시 문건 파동'이 그려진다. 중국 후한 때 어린 황제인 영제를 허수아비로 내세우고 국정을 농단했던 10명의 환관을 말하는 '십상시'처럼 국가 행정을 비선 실세들이 좌우했다는 이야기를 풍자한다. 백성들이 공주가 하는 말 모두를 농담으로 여겨, '국민 행복 시대, 노인 연금, 무상보육, 4대 중증환자 치료비 국가부담' 등등의 대선 공약을 농담으로 받아들일 수밖에 없었다면서 결국 "세계 역사상 가장 농담을 잘하는 왕"으로 남았다고 비판한다.

「공주와 쌈짓돈」(2015. 1)에서는 "쌈짓돈이 주머닛돈"이라는 말을 키워드로 1980년 전두환 정권으로부터 6억 원을 지원받은 내용을 필두로 정부 여당의 담뱃값 인상 결정과 청와대 행정관의 여당 대표 비난 등을 풍자한다. 「공주와 돌림병」(2015. 6)에서는 중동호흡기증후군(MERS) 이야기를 통해 정권의 무능력한 사후약방문식 대응을 비판한다. 삼성병원의 무기력한 대응과 서울시장의 신속한 대처 등의 대비를 통해 삼성과 정권의 정경유착 등의 의혹이 불거진 사건을 풍자한다. 「공주와 배신」(2015. 7)에서는 배신을 싫어하는 공주가 여당의 원내대표를 배신자라고 낙인찍어 정부와 여당의 관계가 불편했던 내용을 기록한다. 그리하여 결국 "공주를 누군가가 배신한 것"이 아니라 "공주가 누군가를 배신한 것"임을 기록하면서 사태의 진실을 풍자한다.

「공주와 복면」(2015. 12)에서는 '민중대회'에 대한 거부감 속에 복면을 싫어했던 공주가 일지매, 임꺽정, 홍길동, 장길산, 각시탈 등의 의적 들을 연상하면서 복면에 대한 반감을 각인하게 된 이야기를 풍자한다. 그리고 "간절히 원하면 온 우주가 도와준다", "바른 역사를 잘못 배우면 혼이 비정상이 된다"라고 말하던 '그분'(=최태민)을 회상하며 '노동 개악'을 강행하려던 박근혜 정부의 시도를 비판한다. 민중총궐기 집회를 불법폭력시위로 예단하며 복면시위를 금지하라는 지시를 내리고, 이슬람국가의 폭력성을 강조하며 집회와 시위에 대한 공권력의 폭력을 조장한 사실을 풍자한다.

「공주와 지진」(2016. 9)에서는 경주에서 일어난 지진을 소재로, 처음에는 경주 지진을 비유라고 잘못 판단했던 공주가 실제 지진임을 알게 되면서 재난공화국의 대통령임을 기록한다. 특히 정부와 여당 대표단의 오찬에서 값비싼 송로버섯(1g에 18만 원, 900g에 1억 6천만 원 호가)과 샥스핀 등의 값비싼 요리를 제공한 내용, "백성은 개, 돼지"에 불과하다는 교육부 행정관의 표현, 미르재단과 K스포츠재단을 통해 재벌들로부터 800억 원 이상을 기부 받은 사건 등이 다뤄지면서 불법적인 '최순실 사태'가 불거지기 시작하는 내용이 비판된다.

「공주와 순살」(2016. 10)에서는 '순살'을 좋아한 공주 이야기를 시작으로 '순살과 남편'(=최순실과 정윤회)이 궁궐을 수시로 찾아온 이야기, '순살의 딸'(=정유라)의 앞길을 막으려던 문체부 직원들을 "나쁜 사람"이라고 비판하며 경질한 이야기가 다뤄진다. 특히 "권력 서열 1위가 순살, 2위가 새끼 마법사, 3위가 새끼 순살 / 그리고 넷째가 공주"라는 보고서가 언론에 의해 노출되자 공주는 '찌라시'라면서 분노한다. 그리고 공주 등의 기득권 세력이 개, 돼지로 비하했던 시민들이 촛불을 들고 거리로 나와 공주와 순살을 비판하는 이야기가 그려진다.

「공주와 도둑들」(2016. 11)에서는 권좌에서 내려와 의금부에 하옥된 공주의 이야기가 상상으로 그려진다. 공주의 죄목은 각종 도둑질을 통해 10가지가 넘으며, 재벌과 순살 일가도 공범이고, 늙은 도승지와 육조의 벼슬아치들도 공범으로 붙잡히면서, "단군 이래 최대 규모 떼도둑"이 체포된다. 공주는 "한 치의 사심도 없이 사익은 생각하지 않고 / 오직 나라를 위해서 공익을 위해서" 직무를 수행했다고 말하지만, 결과적으로 일종의 경제공동체로서 "순살 일가"의 재산 증식을 위해 사적 일감을 만들어준 셈이 된다.

이렇듯 「공주와 도둑들」에서는 3인의 증인이 나와 '공주와 도둑들'이 국정을 농단한 사태를 비판하는 내용이 그려진다. 첫 번째 증인으로는 아줌마가 나와 공주를 향해 "저년은 밥그릇 도둑만이 아니라 목숨 도둑 진실 도둑"이라고 외치면서 세월호 참사의 진상규명을 방해하였으므로 천벌을 받을 것이라고 증언한다. 두 번째 증인으로 "부왕과 맞짱뜨다 감옥에 갇혔던" 백발이 성성한 노인네가 나와서 공주가 대를 이어서 도둑질을 했다고 증언한다. 세 번째 증인으로 죄수복을 입은 증인이 나와 "백성들의 공을 소매치기하는 도둑놈들"이 문제라고 지적하면서 새누리당 일파들을 지적한다. 그러면서 "우리나라는 민주공화국이다 / 우리나라의 모든 권력은 백성으로부터 나온다"라는 대한민국의 헌법 조항으로 만든 노래를 부르고, "뜨락에 가득찬 개 돼지 들이 함성을 지"르며 "백성이 진짜 주인이 되는 사회"를 만들자고 큰소리로 외치는 풍경이 묘사된다.

> (전략) 그 뒤 공주는 어찌 되었을까 / 멀리 법국의 단두대처럼 망나니가 춤을 췄다고도 하고 / 아직도 의금부 감옥에 들어가 앉아 있다고도 하고 / 너그러운 백성들이 이도인지 저도인지로 보내 / 부모님 추억이나 먹고 살라고 했다고도 하는데 / 아주 먼 옛날 먼 나라의 이야기 믿거나 말거나…….

인용문은 촛불 항쟁 이후의 '공주 이야기'를 상상하는 내용이다. 프랑스 대혁명(1789) 이후 마리 앙투와네트처럼 단두대에서 사라지지는 않았지만, 공주는 의금부 감옥에 들어가서 현재 1심 재판 중이다. 2017년 8월 25일 '세기의 재판'이라고 불리며 이재용 삼성전자 부회장이 1심 재판에서 특검이 제기한 뇌물죄 등을 인정 받으면서 징역 5년형의 실형이 선고되었다. 박근혜의 재판은 10월말이 1심 선고 기일로 알려져 있다. 오래도록 감옥에서 사회와 유리된 삶을 살아야 각종 국정 농단 사태의 책임을 지게 될 것이다. 무엇보다 장기간의 수감 생활이 세월호 참사로 희생된 영령들에 대한 죄값음을 미력하나마 최소한도로 수행할 수 있을 것으로 판단된다.

4. '공주는 000' 구조 시편들 – 공주의 비정상적 감수성과 불법적 행태 비판

'공주는 000' 구조의 시편들은 주술 관계를 통해 공주의 비정상적인 감수성 상태를 비판하는 내용이 그려진다. '외로워, 기가 막혀, 잠 못 이루고, 외로워 외로워' 등의 부가된 술어들은 공주의 불안정한 심신 상태를 통해 국정 불안과 국정 파탄이 초래되었음을 암시한다. 특히 단순히 실정 차원이 아니라 헌법과 법률에 위반되는 불법을 자행함으로써 탄핵과 구속에 이르는 불행한 대통령이 되었음을 비판한다.

「공주는 외로워」(2015. 4)에서는 시국의 혼란을 자초한 공주가 외로움에 젖어서 이미 이승을 하직한 채 "멀리 멀리 영계로" 떠난 '그분'(최태민)을 그리워하는 내용이 풍자된다. 「공주가 기가 막혀」(2016. 2)에서는 "기가 막힌다"라는 표현이 "기가 막히도록 억울하고 화난 사람에게나 / 기가 막히도록 화나게 만드는 년놈에게나 / 둘 다 쓸 수 있는 말"로서 '중의성'을 가진 표현임에 '기막힌 국정 운영'을 비판한다. 특히 국정원 여직원의 셀프 감금사건을 흐지부지 처리하고, 역사교과서 국정화 등을 서두르면서 오히려 국가의 비상사태를 초래한 당사자들이 테러방지법을 강행하려는 역설을 통해 극우 정권의 폭압적인 공안통치 노림수를 비판한다. 결국 "공주의 기가 막힌 것"인지 "공주가 백성들 기가 막히게 한 것"인지를 대조적으로 언급하면서 대한민국을 '비상공화국'으로 몰고 가는 박근혜 정권의 행태를 풍자한다.

「공주는 잠 못 이루고」(2016. 8)에서는 이석수 특별감찰관과 우병우 민정수석의 대립을 소재로 이야기가 전개된다. 테러방지법을 강행한 이후 여당이 20대 총선에서 과반의석 확보 실패로 여소야대 정국이 조성되면서 불면의 밤을 보내는 공주의 이야기가 풍자된다.

「공주는 외로워 외로워」(2016. 11)에서는 어머니를 여의고 외로운 마음으로 지내던 공주에게 꿈처럼 다가온 마법사(=최태민)를 회상하는 이야기가 그려진다. 공주가 여왕이 될 것이라면서 가까이 했던 마법사가 사망한 뒤로 공주는 '마법사의 딸과 그 남편'과 가까이 지낸다. 하지만 자신의 아바타로 여기던 순살이 "국정 농담"을 저질러 감옥에 가게 된다.

그리고 얼마 지나지 않은 2016년 12월 9일 오후 국회에서 박근혜 탄핵안이 가결된다. 이날 국회 재적인원 298명 중 '불참자 1명, 탄핵 찬성인 234명, 반대표 56명, 무효 7명'으로 가결된 것은 주지의 사실이다. 이 날의 숫자에 더해 '탄핵소추안 보고일=8, 가결=9, 탄핵 선고일=10, 선고 시간=11' 등의 숫자를 덧붙여 박근혜 탄핵이 지닌 우연적 필연이 민초들 사이에서 회자된 바 있다.

결국 "전하가 순살마마를 만날 것"이라는 작품 속의 예견은 이후 2017년 3월 10일 오전 11시 헌법재판소가 "피청구인 대통령 박근혜를 파면한다."라고 최종 주문을 판결하면서 탄핵안이 인용되고, 2017년 3월 31일 자연인 박근혜가 구속 수감되면서 현실화된다. 박근혜의 구속은 대한민국의 법치주의가 촛불혁명으로 만들어 낸 주권 재민의 민주주의를 지킨 의미 있는 사건에 해당한다. 그리고 2017년 8월 30일 현재 '박근혜-최순실 게이트' 재판은 여전히 현재진행형이다.

5. 나라다운 나라로

정해랑의 『공주와 도둑들』이 창작된 시공간은 2014년 8월부터 2016년 11월까지 만 2년 4개월에 해당한다. 이 시기는 국가권력이 '세월호 참사 진상 규명과 책임자 처벌'에 대한 비정상적인 사후 대응으로 유가족들을 비롯한 '대한민국 국민'이 정상적인 애도와 치유를 수행하지 못하도록 가로막은 시기에 해당한다. 이후 '대통령 박근혜의 탄핵 소추안 표결, 탄핵 인용, 19대 대통령 보궐 선거' 등을 거치며 8개월의 시간이 계속 흐르고 있다.

2016년 10월부터 2017년 3월에 이르기까지 광화문 광장을 수놓았던 1,650만여 명의 '촛불혁명'은 평화적 시민권력이 부당한 국가권력을 바로잡을 수 있는 권력의 물적 토대임을 가시화한바 있다. 2016년 12월 9일 국회에서 표결된 탄핵소추안은 헌법 위배 행위로 '대통령의 헌법 수호 및 준수의무, 기본적 인권 보장 의무, 언론의 자유 등'을 지적하고, 법률 위배 행위로 '뇌물죄, 직권남용권리행사방해죄, 강요죄, 공무상비밀누설죄 등'을 적시한다. 2017년 3월 10일 오전 11시 헌법재판소의 박근혜 탄핵 인용 8:0은 '박근혜-최순실 게이트'가 국정농단을 감행한 공범임을 헌법에 입각하여 판단한다. 헌재는 '헌법, 국가공무원법, 공직자윤리법' 위배와 함께 '국가공무원법의 비밀엄수의무 위배, 최서원의 사익 추구에 관여하고 지원한 죄, 대의민주제 원리와 법치주의 정신을 훼손한 죄' 등을 위헌과 위법 행위로 적시하면서 "피청구인의 위헌·위법 행위는 국민의 신임을 배반한 것으로 헌법수호의 관점에서 용납될 수 없는 중대한 법 위배 행위"라면서 재판관 전원 일치된 의견으로 박근혜의 파면을 주문한다.

박근혜 정권이 지향한 '비정상의 정상화'라는 모토는 정치와 역사의 물줄기를 거스르는 역주행을 낳았다. 독선과 아집, 불통으로 국가권력을 사유화한 박근혜 정권으로 인해 대한민국의 국가 기능은 마비되고, 정상적인 작동이 불가능했던 것이 사실이다. 최순실의 국정 농단으로 표상되는 권력의 사유화는 공공성을 상실하며 불법적인 부당 인사와 왜곡된 행정 집행으로 국가 기강을 스스로 붕괴시킨 것이다. 1960~70년대 박정희 유신독재시절의 국가정체성을 2010년대 대한민국의 정체성으로 바꾸고자 시도했던 박근혜는 현재 구속되어 재판을 받고 있다. 여전히 불성실한 재판으로 일관하면서 무능하고 불의하고 부패했던 자신의 과오를 반성하지 않고 있다. 인면수심의 대표적 표상인 박근혜와 그 일당들은 정권 말기 드러난 사실만으로도 일벌백계의 대상이 되어야 한다.

2016년 가을부터 2017년 봄에 이르기까지 광화문 광장을 수놓았던 노래는 "어둠은 빛을 이길 수 없다 / 거짓은 참을 이길 수 없다 / 진실은 침몰하지 않는다 / 우리는 포기하지 않는다"였다. 문재인 정부는 촛불혁명의 과제를 수행하고 있다. 이명박 정부와 박근혜 정부에서 벌어졌던 국가권력의 불법적이고 비정상적인 집행에 대한 과감한 적폐청산이 필요하다. 그리고 그것은 국내 정치와 함께 한반도를 둘러싼 국제 정치의 정상적 복원을 통해 이루어져야 할 현재진행형 과제이다.